LE PLIEUR DE MONDE

CHRISTOPHE KLOTZ

LE PLIEUR DE MONDE

(L'ORIGAMISTE)

Remerciement

Je remercie Nathalie Raynaud à qui j'ai confié les épreuves de mon livre. Elle m'a apporté une critique constructive et je tiens à l'associer à la parution de cet ouvrage.

Quel est le point commun entre un livre, une sculpture, une symphonie, une peinture et un être vivant ?

Ne serait-ce pas la vibration ?

Au cœur de la matière, on ne discerne plus l'onde du corpuscule. Toute chose est constituée d'une symphonie vibrante, d'une symphonie vivante[1].

Alors, laissez ce livre vous chanter sa musique intérieure au son des pages qui tournent...

---

[1] Platon dans *La République*, 530d, 617b et le *Cratyle*, 405c, faisait déjà un rapprochement entre les lois du cosmos et la musique, à travers la théorie de l'harmonie des sphères qu'il emprunte aux pythagoriciens. Pour ces derniers, l'univers est régi par des rapports numériques harmonieux. Musique et physique sont donc sœurs (Pythagore, 530 av. J.-C.).
Herman Hesse, dans *Le Jeu des perles de verre* (1942), invente également un jeu utopique, « les perles de verre », qui unifierait les mathématiques, la musique et les autres sciences.

Sommaire

Prologue

« *Au commencement était le Verbe* »[2], dit la Bible. Mais avant le verbe, n'y avait-il pas l'onde qui porta le verbe à travers la voix ?

Les astrophysiciens l'ont bien compris lorsqu'ils ont inventé la théorie des cordes afin d'unifier la théorie de l'infiniment grand et de l'infiniment petit[3]. Cela revenait à combiner tous les systèmes de pensée de leurs prédécesseurs. On a d'ailleurs nommé cette doctrine « la théorie du tout ». Dans cette conception du monde, de petites cordelettes vibrent comme des cordes de guitare. Elles forment, selon leur fréquence, différents corpuscules subatomiques, briques fondamentales de la vie.

Les chercheurs, ces grands poètes de la physique, ont imaginé également que ces cordes pourraient avoir deux dimensions et être le canevas de l'infiniment grand. Il existerait des membranes aux dimensions incommensurables qui contiendraient des univers entiers.[4]

---

[2] Citation de la Bible : « *Au commencement était le Verbe, et le Verbe était tourné vers Dieu, et le Verbe était Dieu* ». Traduction œcuménique de la Bible, Cerf/Bibli'O, 2010.

[3] La théorie de la relativité générale et la théorie quantique.

[4] La théorie des cordes, inventée par les physiciens Léonard Susskind, Yoichiro Nambu et Holger Bech Nielsen, a subi plusieurs évolutions. Certains chercheurs imaginent notamment que l'univers pourrait-être formé de membranes qui ondulent.

Qu'est-ce qu'un pli sinon une ondulation ? Et que sont les membranes sinon de grandes feuilles ondulant à travers le temps et l'espace sur lesquelles s'écrit l'existant ?

Pour y voir plus clair, regardons une situation que chacun de nous a expérimentée.

Vous êtes sur la plage par une belle journée de printemps, l'air vous caresse le visage et vous regardez la mer. Les vagues, soulevées par des rafales de vent, se forment au loin et viennent mourir sur la grève. La nature crée des objets en trois dimensions à partir d'une surface plate, comme un pliage crée une forme tridimensionnelle à partir d'une feuille de papier qui a deux dimensions. La matière se froisse et crée un objet. En effet, lorsque nous regardons une surface d'eau onduler, voyons-nous des objets que nous nommons vagues, ou une surface plane qui se tord à l'horizon[5] ?

De là à imaginer que l'on puisse créer des pliages plus complexes avec les membranes qui forment le corps de l'univers, il n'y a qu'un pas... N'hésitez pas,

---

[5] Une vague, comme un homme, semble avoir une réalité en soi. Mais si l'on y regarde de plus près, l'une comme l'autre ne sont que le fruit de l'inertie de la matière. La vague n'est que la torsion momentanée de l'eau sous l'effet du vent. De la matière agglomérée pour un temps limité. L'eau qui forme la vague se renouvelle constamment jusqu'à sa disparition. Nous avons l'illusion que la vague subsiste pour un certain temps. Ce que nous appelons « la vague », c'est l'inertie du phénomène. Je prends donc le pari ici que toutes les choses qui existent en ce monde, « homme », « animal », « plante » ou « minéral » répondent au même principe. En deux mots, l'existence c'est l'inertie du mouvement.

suivez-moi dans mon récit, franchissez cette limite, elle est à l'échelle de notre imagination…

Il fait nuit, une nuit sombre et protectrice sans aucune sorte de bruit ni de source lumineuse. Seul, un très jeune enfant assis s'essaie au pliage. Au début, il manque de dextérité. Il rate la plupart de ses réalisations et les froisse, de dépit. C'est ainsi qu'il crée une multitude de boules aux contours irréguliers. Ce sont là ses premiers essais. Pourquoi tente-t-il vainement de réaliser quelque chose ? Peut-être cherche-il juste à rompre la solitude ?

À force de laisser tomber ses épreuves loupées, l'espace autour de lui, sans qu'il n'y prenne garde, ressemble bientôt à un capharnaüm sans nom. Alors, pour faire un peu de rangement, il agglomère ces papiers froissés en grosses boules et les lance au loin pour s'en débarrasser. Mais dans le vide, ces boules ne peuvent tomber, elles restent suspendues dans l'espace et volent.

Attirés mutuellement, les globes de papiers chiffonnés se meuvent majestueusement en formant des cercles et des ellipses les uns autour des autres. Certains, les plus gros, s'effondrent sur eux-mêmes et se mettent à briller de mille feux. Ainsi naissent les systèmes solaires. Et ces toupies étincelantes dansent la farandole dans les galaxies qui illuminent l'univers d'une toute nouvelle lumière.

Enfin, après un temps incalculable et moult essais, l'enfant réussit à faire une cocotte dont il est très fier (cela met un terme à la question : « Qui, de l'œuf ou de la poule, est né le premier ? »). Après ce premier exploit et grâce à son entraînement, il réalise d'autres animaux. Tout d'abord un peu grossiers, ses pliages deviennent progressivement plus fins et précis.

Ayant acquis assez d'expérience, il se lance dans une création effrénée. Il crée une multitude d'animaux, de plantes, de fleurs, dont certains sont inconnus de notre cher lecteur. Il fabrique par exemple des arbres volants, des ligrons, des cigagnos zébrées, des crapouilles, des dragonos, des fleurs de pierre, des loups-garous et toutes sortes de poissons, d'oiseaux, de mammifères et de végétaux qui semblent sortir de contes de fées.

Il passe de longs moments à créer toute cette vie. Bien entendu il réalise également l'homme, la femme et d'autres humanoïdes, cependant, voyant le résultat médiocre, il pense les froisser. Puis non ! Il se dit que quelques espèces mal fichues souligneront la beauté des autres réalisations. C'est comme cela qu'il finit par peupler les boules fripées qui ressemblent à des planètes. Pas toutes, non, cela demanderait trop de travail, quelques-unes du moins.

En fait, cet « enfant monde » ne plie pas du papier, il plie les membranes qui forment notre univers...

Sa démarche hasardeuse a donné naissance à de multiples mondes, et même à différentes versions des mêmes mondes. Lorsqu'il ne trouve pas son projet assez réussi, il en crée une variante. De ce fait il produit une multitude de dimensions parallèles grâce au pliage ! C'est ainsi que, par exemple, il existe plusieurs moutures de la planète Terre.

Tout étonné du résultat de ses ébauches, il se dit qu'il laissera ses réalisations se développer et qu'il ne manquera pas d'aller les visiter ultérieurement. Un peu comme un jardinier qui plante un arbre et revient pour voir, quelques temps après, comment il a grandi, pour l'observer en poète averti, au fil des saisons, et prendre du bon temps dans son ombre, ou pour cueillir ses fruits, tailler ses branches et peut-être soigner ses maladies. Rien de plus simple pour notre ami, qui passe d'un univers à un autre en pliant le temps et l'espace sur eux-mêmes.

L'enfant monde a décidé d'établir sa base arrière sur Terre au pôle Sud, dans une demeure construite entièrement de glace. Elle est invisible aux rares visiteurs du lieu, car elle ressemble plutôt à une montagne enneigée qu'à un château. Entre deux sauts intergalactiques, il revient sur Terre voir ce que devient ce petit monde situé en bordure d'une belle galaxie en spirale appartenant à un superamas nommé du doux nom de « Laniakea »[6] par ses habitants.

Dix milliards d'années stellaires sont passées et notre enfant est devenu un bel adolescent. Il s'est mis en route comme un pèlerin empli de curiosité et d'espoir, décidé à aller désormais visiter les mondes qu'il avait créés. Les yeux emplis d'étoiles, il vole dans l'espace à la rencontre de ses enfants. Que sont- ils devenus ?

Pour commencer ses pérégrinations, il jette son dévolu sur un monde habité par des humanoïdes qui

---

[6] Notre galaxie appartient à un superamas de galaxies que les hommes ont baptisé Laniakea. Ce superamas s'étendrait sur près de 500 millions d'années-lumière et contiendrait plus de 100 000 galaxies.

vivent en symbiose avec la nature. Toutefois, le respect que leur inspire leur environnement ne se reflète guère dans les relations que les deux peuples vivant sur cette planète entretiennent.

Le secret du pli

S ur l'extrême limite d'un bras de la galaxie d'Ésope, brille un petit soleil autour duquel gravite une minuscule planète aux reflets vert bleuté. Les habitants de cette terre d'opale l'ont baptisée du nom d'IO. Elle est recouverte d'un épais manteau végétal, bordé de vastes étendues turquoise, lacs profonds et grands océans nourris par de longs fleuves qui serpentent sous la frondaison des arbres centenaires des forêts luxuriantes.

Au sein de ce paradis écologique, deux ethnies, les Oyas et les Narnass, se disputent le pouvoir depuis de nombreuses lunes. Leur querelle est profonde. Elle repose sur les coutumes et le mode de vie de chacun des deux groupes d'individus. Leurs croyances, leurs goûts culinaires, leurs habitudes divergent. Et cela suffit à provoquer des troubles incessants. Leurs différends remontent à la fondation de leur capitale. En effet, tout en ayant des contentieux importants, les deux peuples, frères ennemis, ont construit leur ville principale ensemble, au même endroit. Et pour cause, les Narnass approvisionnent principalement la ville en fruits et en viande, tandis que les Oyas fournissent le poisson et des algues qui servent de légumes. Ils sont donc étroitement dépendants les uns des autres pour subsister. Condamnés à vivre en collectivité pour le meilleur comme pour le pire, ils ne parviennent pas à s'entendre pour autant.

C'est ainsi que depuis sa création, ils se disputent leur capitale, chacun revendiquant l'ensemble de la cité. Cela, bien que les uns habitent dans l'épaisse canopée de la forêt, et les autres sous l'eau d'une lagune bleutée.

La solution qu'avaient trouvée les anciens pour éviter les guerres constantes entre les deux tribus, et les pillages qui s'en suivaient, était l'épreuve de « la quête du sceptre ». Une éclipse solaire se produisait tous les cinq ans. Lors de cet événement, une joute devait déterminer quel peuple disposerait du bâton de pouvoir, et de ce fait dominerait l'autre. Le sage du clan dominant devait camoufler dans la forêt, avec son homologue du clan dominé, la clé qui donne accès au sceptre de puissance. Le peuple qui la découvrait le premier se voyait octroyer le pouvoir pour les cinq années suivantes.

Seule, dans une vaste clairière taillée dans la fourrure épaisse de la jungle verdoyante par l'atterrissage d'un antique vaisseau des étoiles, trônant sur un promontoire formé par les vestiges d'acier déchiqueté de sa nef principale, une grande pierre noire mal dégrossie, munie d'une serrure archaïque, faisait office de sanctuaire.

La clé ouvrait la boîte enchâssée dans ce mégalithe dédié au Dieu de la Lune. C'est là que l'objet sacré était conservé, sous la bonne garde de la divinité tutélaire. Les anciens, après sa découverte, avaient érigé le temple sur cette butte pour le préserver de la convoitise des individus des deux tribus.

Le peuple vainqueur qui se voyait octroyer les rênes du pouvoir en abusait bien souvent au détriment du peuple perdant. Cela avait pour effet de faire redouter au gagnant tout retournement de situation.

Les sages des deux clans essayaient de maintenir un certain équilibre des droits. Cependant, la nature de ces humanoïdes ressemblait beaucoup à celle des hommes de notre bonne vieille Terre : l'exercice du pouvoir les transformait et faisait ressortir leurs plus vilains traits de caractère. Souvent, lorsqu'on prête une chose longtemps à une personne, elle s'en croit la propriétaire. C'est le cas pour le pouvoir, qui est assurément très addictif.

L'éclipse approche à grand pas. Les cinq années de règne des Narnass touchent à leur fin et le leadership de la communauté va être remis en jeu. La tension est palpable entre les deux clans. Déjà, aux fêtes du printemps, les équipes de Caroubi[7] s'étaient frénétiquement affrontées et les débordements des supporters avaient fait nombre de blessés. Les sages des deux parties avaient dû intervenir pour contenir les velléités des jeunes combattants qui ne cherchaient qu'à en découdre.

À présent, tout le monde a le regard rivé sur l'immense clepsydre végétale accolée à la montagne d'où coule une minuscule source d'eau claire. Formée d'un tronc finement sculpté et de feuilles tressées, qui laissent filtrer l'eau goutte à goutte dans une succession de récipients attachés sur sa partie inférieure, l'horloge indiquera bientôt l'heure fatidique, le moment où la clé va devoir être cachée une fois de plus.

Lors du dernier « quinquennat », c'étaient les Narnass qui avaient gagné la clé. Il y avait même eu

---

[7] Sport communautaire interclanique très prisé sur la planète IO. C'est une sorte de jeu de balle au prisonnier pratiqué à distance, avec des arcs et des flèches terminées par un tampon de feutre *(invention de l'auteur)*.

« ballotage » ! Les sages avaient dû, à cette occasion, inventer une épreuve supplémentaire pour départager les concurrents qui ne trouvaient pas la clé. On avait fait monter les deux chefs de clan dans un bateau, que les deux tribus faisaient tanguer. Ces derniers avaient été ballottés jusqu'à ce que l'un d'entre eux tombe à l'eau (d'où le terme de « ballottage », utilisé aussi dans nos démocraties lorsqu'un député est en difficulté, bien qu'on ne sache pas comment ce concept a pu voyager jusqu'à nous). Le chef Narnass, qui avait réussi à garder l'équilibre, s'était vu remettre la clé.

Aniimus, le sage de ce clan, en a donc à présent la garde. Pourtant, il affirme tout haut que cette situation de domination temporaire lui déplaît. En effet, être pour cinq ans le peuple soumis ou dominant n'est pas, selon lui, la meilleure solution. Cela crée inévitablement des rancunes. Mais Korgan, le « rassembleur », et les chefs de son clan ne partagent pas son avis, ils comptent bien garder la main mise sur le pouvoir.

Les Narnass vivent dans les arbres. Ils ont des maisons qui ressemblent à des nids de tisserands (sortes de nids ovoïdes en rotin). Ils maîtrisent parfaitement la fabrication du papier, qui leur sert d'isolant dans la construction de leur habitat. Notre vieux sage, quant à lui, l'utilise dans un esprit plus ludique pour faire des origamis, une passion qui l'a assailli très jeune. Chaque jour, il prend quelques instants pour s'adonner à son plaisir. Avec ses yeux fatigués, il s'échine à façonner des figurines de papier. Le matin, dans le soleil levant, ou le soir à la lueur vacillante d'une torche, les yeux plissés, penché sur son ouvrage, il plie patiemment la délicate feuille afin de faire naître une forme aux traits de la vie. C'est là sa méditation quotidienne, le moment où son esprit peut s'apaiser, totalement absorbé par sa création.

Lorsqu'il le voit faire, l'enfant monde se sent tout de suite connecté à lui. Quel étrange petit bonhomme, qui semblait comprendre intuitivement le secret de la création ! L'une des représentations préférées de notre plieur de papier est l'Ignatus, une sorte de rhinocéros à cinq cornes. Jour après jour et pli après pli, il avait imaginé comment réaliser ses pattes, son corps trapu, puis une, deux et enfin trois cornes. Car le papier est récalcitrant et ne se laisse pas dompter par le premier venu. Ce matin il est satisfait, car enfin il se dit que sa création est achevée. Il a réussi, à partir d'une feuille entière, sans couper le papier, à réaliser l'ensemble des membres de la bête. Son fils, qui le voyait tout le temps plier de petits morceaux de papier, admirait sa patience. Plus qu'un passe-temps, c'était pour le vieil homme un art de vivre.

Avec le retour de l'éclipse, Aniimus ne sait plus à qui se fier, à part peut-être justement à son fils Itoine, et au sage Goltir, de la tribu opposée. Les deux anciens avaient, au cours de ces longues années, tissé des liens très solides.

Le danger est palpable pour le vieil homme qui craint à présent de se faire déposséder de son talisman. En fait, le sceptre donne un pouvoir réel à la tribu qui le détient car il s'agit d'un artéfact ancien laissé par le peuple venu des étoiles. L'objet avait été trouvé dans la nef écrasée sur laquelle avait été construit le sanctuaire de la Lune. Les rumeurs disaient qu'il s'agissait d'une arme surpuissante, capable de décimer tous ses adversaires. Ceux qui subtilisaient la clé pouvaient s'autoproclamer souverains, sans autre forme de procès.

Aussi, certains humanoïdes des deux peuples veulent-il s'en emparer.

Seule la peur, suscitée par la religion et le respect qu'inspirent les deux sages, retient les chefs des deux groupes opposés de s'approprier le pouvoir en dérobant la clé. Mais la considération des anciens semble à présent s'effriter face aux désirs de pouvoir des jeunes générations.

Comme nous l'avons déjà évoqué, nombreux sont les Narnass qui ne souhaitent pas partager le pouvoir, surtout ceux qui en ont abusé et redoutent un retour de manivelle. Le vieil homme, quant à lui, souhaite au moins respecter la tradition et laisser une chance au clan opposé de diriger. Aussi, pour éviter toute tentative de vol, il garde toujours la clé du coffre dans un vieux papier, plié dans sa poche, et ne s'en défait jamais.

Une semaine avant l'éclipse, le temps s'est éclairci et le sage décide de partir en forêt cueillir des champignons célestes avec son madras blanc, une espèce de cheval à tête de lion, apanage des personnes importantes. C'est à ce moment qu'il rencontre, sur le chemin, des chasseurs de sa propre tribu. Tout d'abord, Ignos, le chef du groupe, lui demande de cacher la clé dans un endroit convenu le jour de l'éclipse. Puis, ne parvenant pas à convaincre le vieux, il tente de lui soutirer la clé par l'intimidation, et enfin par la force. Ses sbires menaçants sortent leurs armes pour attaquer. Le sage ne doit son salut qu'à sa monture, qui se cabre en rugissant à l'approche des hommes d'armes. Profitant de la confusion engendrée par la réaction de son animal, il prend la fuite sur son destrier.

La veille de l'éclipse, la tension est à son comble. Les villageois dévisagent le vieil homme avec un regard tantôt inquiet, tantôt belliqueux. Il s'enferme alors dans son nid aérien de branches et de papier tressé, pour y discuter longuement avec son homologue, le vieux sage du peuple des Oyas. Peu après, il part se recueillir dans la jungle, seul. Il grimpe sur la montagne, et se met à prier le soleil sur un promontoire qui surplombe la rivière, face à la capitale divisée en deux localités rivales. L'endroit lui paraît idéal pour faire ses dévotions.

Disséminées sur le flanc de la falaise dominante ainsi que sur la cime des arbres immenses dont les pieds, tels des cils, bordaient l'œil bleu du lac voisin, se trouvent suspendues les habitations du village des Narnass. Accrochés en grappes, tantôt aux branches tantôt à des saillies de roche, les nids ovoïdes oscillent gracieusement au vent, berçant leurs habitants. De leurs demeures aériennes, les cueilleurs et les guerriers rentrés chez eux perçoivent les rituels du prêtre.

Au pied de cette mangrove, sous l'eau de la lagune, se trouve le village des Oyas. Ce peuple a construit une immense ville sous-marine en utilisant des carapaces de tortues géantes sous lesquelles se sont installées les familles, à l'abri des prédateurs, dans les cavités d'air créées. L'oxygène provient des émanations des petites algues vertes des profondeurs, il remonte à la surface sous forme de bulles libérées par ces plantes aquatiques, puis est capturé par les carapaces. Ces dernières ont une structure spécifique qui laisse s'échapper le dioxyde de carbone et permet à l'oxygène des plantes de s'accumuler sous leur coque. Il existe tout un système ingénieux qui équilibre la température des maisons immergées, permet de filtrer l'eau de consommation et d'éclairer les demeures. On atteint la ville sous-marine à partir d'une plateforme centrale à la lagune.

La population des Oyas vit essentiellement de la pêche, qu'elle pratique en utilisant des pirogues en peaux. Les pêcheurs, eux aussi, peuvent nettement voir le vieil homme en appeler à la divinité du soleil.

Quel n'est pas le choc des habitants des deux villages, affairés à leurs travaux habituels, lorsqu'ils voient le sage, qui priait au soleil, déraper et tomber dans le précipice ! Sans attendre, les villageois des deux camps et le fils du sage courent à perdre haleine vers le lieu de l'accident. Lorsqu'ils arrivent sur la montagne, ils découvrent le papier qui contenait la clé, coincé sous le bâton que le sage avait dû lâcher avant de tomber. Mais nulle clé dans le papier !

Puisque le destin en a décidé ainsi, il est convenu entre les tribus que la première qui retrouverait la clé aurait le pouvoir. Elle avait dû glisser, avec le vieil homme, dans la rivière en contrebas. Il s'en suit des deux côtés une grande effervescence. Chaque clan se met fébrilement à rechercher le graal. Tout d'abord, les protagonistes retournent une à une toutes les pierres de la rivière. Sans résultat. Puis, un grand nombre de battues sur les abords du cours d'eau ont lieu, moins pour retrouver le corps du vieil homme que pour s'emparer de la clé. Plusieurs fois, Goltir, garant du bon déroulé de la chasse à la clé, est obligé d'intervenir pour séparer les deux parties, car dès que les hommes voient quelque chose qui brille, ils s'élancent et se battent pour l'obtenir. Les échauffourées ne sont pas rares et il faut toute la finesse du vieux sage de la tribu des Oyas pour qu'elles ne finissent pas en guerre ouverte.

Malgré une fouille minutieuse du cours d'eau et de ses alentours, personne ne met la main sur la clé.

Le fils du sage récupère le bâton et le papier trouvés sur le promontoire, pour garder un souvenir du vieil homme qu'il admirait tant. Le soir, triste, il tripote machinalement ce papier plié de mille façons, quand il remarque de petits signes qui n'avaient aucun sens. Durant la nuit, dans un sommeil tourmenté et entrecoupé de périodes de somnolence, il revoit son père plier les Ignatus. Et lui vient subitement l'idée que le papier est sans doute un pliage déplié...

Le lendemain matin il refait le pliage, et lorsque celui-ci ressemble à nouveau à un Ignatus, les traits dessinés se joignent pour former le dessin de la clé ! Partant du principe que l'ancienne clé est perdue, il va voir le forgeron du village et lui demande de faire une nouvelle clé, sans en souffler mot à quiconque. Il suffira de la vieillir avec un peu d'acide et de terre pour en faire une réplique honorable.

Le jour de l'éclipse, les deux tribus se rencontrent. Le chef des Narnass, à qui Itoine avait remis la clé, parade fièrement en tête de cortège pour retrouver l'équipe adverse sur la place de la concorde où la clepsydre était enfin vide. Cependant, leur bruyante joie laissa bien vite la place à la stupeur lorsque l'autre clan brandit également le fameux sésame du pouvoir ! Le sage des Oyas et le chef du clan des Narnass ont tous deux une clé ! Les hommes des deux parties sont en émoi et crient à la supercherie. Les paroles s'enveniment et les noms d'oiseaux fusent. C'est à ce moment que le sage de la tribu des Oyas se retourne et proclame :

« Nous avons tous deux une clé, c'est la preuve que les dieux ont voulu que nous partagions le pouvoir ! »

Après quelques vives discussions et rodomontades de circonstance pour ne pas perdre la face, les guerriers des deux tribus, pourtant réticents mais plus encore superstitieux, finissent par s'accorder afin de se partager le pouvoir.

Par miracle, on retrouve quelques jours plus tard, près de la rivière en contrebas de la montagne, le vieux sage, les vêtements détrempés. Comment avait-il pu survivre à une chute de trente mètres dans une eau si peu profonde ? Nul ne le sait. Sans attendre, surmontant leurs différences, les deux tribus réunies fêtent par un grand banquet le retour d'Aniimus, en remerciant les dieux de lui avoir laissé la vie sauve. Questionné sur sa disparition, le vieil homme explique qu'après sa chute freinée par la déesse des vents, il s'était retrouvé en contrebas. À demi assommé, il avait erré entre les joncs dans le marais qui borde le cours d'eau, sans rencontrer quiconque. Qui aurait osé remettre en doute la version du sage ?...

* * * * *

L'enfant monde reste songeur, car de cette histoire il tire autant de leçons que d'interrogations. Malgré l'égoïsme naturel des humanoïdes, il semble pourtant rester de l'espoir. Comme notre voyageur vient de le voir, certains d'entre eux sont capables de changer de cap et devenir altruistes pour vivre une vie apaisée. D'autres encore parviennent à rallier la majorité à leur pensée et peuvent alors influencer la volonté de tout un peuple.

Voyant la docilité de la population à suivre ses élites, l'enfant souhaite approfondir ses recherches afin de comprendre si l'humanoïde, cet animal iconoclaste, garde une certaine liberté de penser et d'agir, ou s'il suit le mouvement imprimé par ses pairs dans une sorte d'instinct grégaire, encadré par une conscience collective.

Pour tenter de trouver des réponses à son questionnement, il va voyager à travers le temps et l'espace afin de chercher des indices.

Reprenant son bâton de pèlerin, il entreprend un périple interstellaire pour mener sa quête. Les étoiles défilent devant ses yeux en pluies de météores à travers lesquelles il se déplace de planète en planète. L'univers se plie et se déplie, créant des formes et des couleurs hypnotiques comme celles d'un kaléidoscope géant, qu'il arpente afin de trouver son chemin. Il vole de monde en monde, mais peu sont habités et ceux qu'il visite ne comblent pas sa curiosité du moment.

Certaines planètes sont peuplées de laitues intelligentes qui communiquent à l'aide de signaux chimiques qu'elles disséminent dans l'air. D'autres univers sont habités par des animaux primitifs qui, pour grossir, doivent s'entredévorer puis, lorsqu'ils ont trop mangé, explosent en une myriade de petits individus qui recommencent à se cannibaliser. D'autres biotopes encore sont peuplés de mousses multicolores, épaisses comme des matelas de laine.

L'enfant monde découvre aussi un endroit amusant sur une lointaine planète colorée, dans une clairière bordée d'arbres aux couleurs flashies. Là, il aperçoit d'étranges animaux, sortes de petits cylindres sur pattes, avec les membres supérieurs atrophiés. Ces créatures ressemblent à des chamalows jaunes piqués de grands yeux rieurs, qui sautent de manière chaotique en gloussant. Lorsqu'ils se cognent, ils fusionnent. Ils font cela jusqu'à ce que leurs pattes ne puissent plus les supporter, alors ils meurent en se fondant avec le sol, laissant place à la nouvelle génération qui surgit de la terre.

Distrait mais peu intéressé par ces modes de développement de la vie, l'enfant repart à travers l'univers, en quête de réponses à sa question existentielle. Les dimensions se déploient et se replient à nouveau devant son regard, dans une mosaïque aux mille couleurs, pour dévoiler enfin la planète bleue. Le hasard de son périple l'a reconduit à sa base ! « Peut-être trouverai-je la solution sur le pas de ma porte ? », se dit-il.

De retour sur Terre, après moult rencontres en Grèce antique, son pèlerinage le conduit par chance à visiter une petite île de la mer Ionienne que l'on nomme Ithaque. C'est là qu'il écoute, caché dans l'ombre de la nuit, deux hommes discuter du libre arbitre. Nous sommes sur Terre, en 1170 avant J.-C.[8]

---

[8] Certains scientifiques affirment qu'Ulysse serait rentré à Ithaque le 16 avril 1178 av. J.-C. Publié sur le site internet de l'*Obs*, le 24 juin 2008.

Le banquet d'Ulysse

S ur la plage d'Ithaque, Ulysse donne un grand banquet pour fêter le quinzième anniversaire de la chute de Troie. Il y a abondance de vivres et le vin coule à flot. Au loin, Télémaque danse avec les jeunes filles et discute avec les guerriers autour d'un immense feu de joie. En grandissant, il est devenu un prince respecté et aimé.

À l'écart des réjouissances, les anciens dissertent sur des sujets graves ou frivoles et n'hésitent pas à refaire le monde. Les Grecs aiment les longues discussions où se mélangent politique et philosophie, comme en témoigne *Le Banquet*, de Platon.

Ulysse, le vieux renard, est assis auprès de son vieil ami Mentor[9]. Autrefois précepteur de son fils, il est aujourd'hui son conseiller et son bras droit. Comme chaque année, cette fête réveille en lui une vieille culpabilité qui le ronge. Cela le rend bougon, alors qu'aucune raison extérieure ne justifie une telle humeur en ce jour d'anniversaire où la joie est omniprésente dans le petit fief. Il paraît las, les yeux dans le vague. Il regarde le soleil couchant qui semble vouloir le consoler de sa chaleur caressante.

---

[9] Mentor est un personnage qui apparaît dans *L'Odyssée* d'Homère, poème composé vers la fin du VIIIe siècle av. J.-C. C'est de là que vient le terme de « mentor » dans notre langue.

Son conseiller tente de comprendre les raisons de sa mauvaise humeur. Mais notre chef n'est pas disposé à parler de sa vie passée. Du moins pas tout de suite, pas encore…

La fête est pantagruélique, les plats de gibiers succèdent aux plats de fruits de mer et de poissons, le tout arrosé d'un petit vin de pays. Plus la nuit avance, plus les esprits s'embrument. C'est dans ces instants, entre rêve et réalité, que les faunes et les muses œuvrent dans l'ombre et délient les langues. L'alcool aidant, après une dernière hésitation et face à l'empressement de son ami, Ulysse, qui était toujours resté discret au sujet de ce souvenir empoisonné, ouvre son cœur au philosophe. En fait, il s'en veut d'avoir attiré Achille avec lui pour faire la guerre à Troie, où ce dernier avait trouvé la mort.

C'est alors qu'il narre sa rencontre avec le jeune homme.

Ulysse, appelé par Agamemnon pour assiéger Troie, devait passer par l'île de Skyros pour convaincre Achille et ses Myrmidons de le suivre dans l'aventure. Il fit le tour du Péloponnèse en bateau, longeant ses côtes, passa très au sud d'Athènes puis remonta au nord vers la patrie du roi Lycomède. Skyros était une belle île en forme de papillon. Son bateau l'approcha par la partie sud, désertique et sauvage, qui abritait une race endémique de petits chevaux. La partie nord, où il se rendait, était la plus verdoyante mais aussi la plus habitée ; c'est là qu'avaient été édifiés le port et la ville. Cette dernière entourait un promontoire rocheux sur lequel se trouvait la forteresse du roi, offrant une bonne retraite en cas d'invasion.

Amener Achille à épouser la cause d'Agamemnon ne serait pas chose facile. Ses parents, Thétis et Pélée, étaient clairement contre cette guerre qu'ils jugeaient inutile. Le seul à en tirer bénéfice serait Agamemnon, qui pourrait mettre la main sur les mines d'or que protégeait la cité. Ulysse abordait donc l'île de Skyros plein d'incertitude quant à la réussite de sa mission. Cependant, Achille avait été éduqué comme un guerrier, il était jeune, cela le rendait quelque peu orgueilleux et fougueux, deux traits de caractère dont Ulysse souhaitait tirer avantage.

Lycomède reçut Ulysse avec les fastes que l'on réserve aux invités envoyés par le « roi des rois », Agamemnon. La réelle cause de sa présence sur l'île avait été éventée ; il pouvait donc avancer à visage découvert et présenter directement sa demande lors de sa réception chez le suzerain.

« Je te salue Ô mon roi, dit-il. Je viens quérir Achille et ses Myrmidons, de la part du roi de Mycènes. »

Son interlocuteur lui répondit qu'il ne savait pas ce que faisaient Achille et son cousin Patrocle[10] ; ils étaient jeunes et ne tenaient pas en place. Les parents, présents à la cour du roi, ne furent pas plus bavards. Il était clair que personne ici ne voulait se mêler de cette guerre, même si, par crainte de représailles, ils se bornaient à refuser de coopérer.

Comment diable débusquer ce fantôme ?... Le temps pressait, Ulysse ne pouvait tarder ; la guerre de Troie, elle, n'attendrait pas. Il se donna donc trois jours pour trouver son homme.

---

[10] Patrocle est aussi l'ami intime d'Achille.

Le premier jour, il parcourut l'île de long en large avec un cheval gracieusement prêté par sa seigneurie. Il discuta avec toutes les personnes qu'il croisa, des nobles, des guerriers, des artisans, des paysans. Mais tous ceux qui affirmèrent connaître Achille ne l'avaient pas vu dernièrement. Le deuxième jour, Ulysse consacra son temps à arpenter le palais et essayer de découvrir où se cachait le jeune homme. Sans résultat. Le troisième jour, il était l'invité d'honneur du roi pour le banquet du soir. Or il devait repartir le lendemain. Il fallait agir vite. Alors il eut une idée de celles qui lui valurent sa réputation de renard rusé. Il demanda à son capitaine de descendre à terre ce bon vin liquoreux et extrêmement fort qu'il avait apporté en quantité pour Agamemnon. Il allait offrir au roi ces amphores pour le banquet, officiellement pour égayer la fête.

Officieusement, l'idée d'Ulysse était tout autre : ce vin allait tourner la tête des invités, qui en auraient la langue déliée. Peut-être même attirerait-il Achille qui se cachait car, il en était certain, le jeune homme aurait du mal à résister à une fête bien arrosée. Quant à lui, il se ferait offrir un vin coupé à l'eau – que son serviteur personnel verserait dans son verre – afin de garder la tête sur les épaules.

La soirée arriva bien vite car, une fois son stratagème mis en place, notre renard regagna ses appartements, s'octroyant un instant de repos dans sa tanière pour être en pleine forme la nuit venue.

Tel qu'il était de coutume, Ulysse prit la parole et se présenta, sans oublier de mentionner qu'il avait fait venir du vin de pays à l'intention des convives. Les plats et le vin arrivèrent, portés par de jeunes éphèbes, en même temps que des danseuses au corps parfait, délicatement habillées, évoluaient au centre de la salle avec des gestes harmonieux.

Le repas parut fastidieux à Ulysse, qui buvait sa boisson coupée. Il s'apercevait de l'influence délétère du vin sur l'humeur des invités, et des dialogues décousus, sans intérêt, qui s'en suivaient. « C'est fou ce qu'on est ridicule lorsque l'on boit », se dit-il.

Il allait commencer son enquête auprès d'un groupe de jeunes gens qui avaient déjà lapé une bonne dizaine d'amphores de vin lorsqu'une des danseuses, mal rasée, apparut en plein milieu de la salle en titubant. Ulysse esquissa un sourire, il tenait son homme (Achille, déguisé en femme, inspiré de la version de P. Héphaistion[11]).

« Je s-s-suis aussi charmante que… que les autres dans-danseuses. Regardez mam-maman comme ze danse b-b-bien ! »

C'était Achille, déguisé en baladine, qui, aviné, s'était vendu tout seul ! « Décidément », se dit notre renard, « on n'attire les mouches qu'avec du miel, et ça marche à tous les coups ! » Passant à la deuxième partie de son plan, Ulysse commença à piquer au vif le jeune homme :

« Alors c'est pour cela que l'on me cachait le grand Achille ? Il est devenu une courtisane de palais ! Quelle

---

[11] Le poète Ptolémée Héphaistion (fin Ier siècle – début IIe siècle) raconte à sa manière le départ d'Achille vers Troie :
« La mère d'Achille, craignant pour la vie de son fils, l'aurait caché à la cour du roi de Lycomède, habillé en jeune fille, dissimulé parmi les suivantes des princesses. Ulysse, déguisé en marchand ambulant, présenta aux jeunes filles de la cour de Lycomède des bijoux parmi lesquels était placée une lance. Les jeunes filles se précipitèrent sur les bijoux tandis qu'Achille saisit l'arme avec empressement. Démas-qué, il suivit Ulysse à Troie. »

belle robe rose tu portes là ! Je suppose que cela te gênerait sur le champ de bataille. Et que tu as l'air délicat avec ce fard ! Je comprends que tu ne veuilles pas venir avec nous. »

Les poètes chanteront la gloire d'Achille, danseuse de la cour du roi Lycomède, prenant vaillamment les banquets d'assaut, en jupon, armé d'un verre bien rempli ! Sa mère, pour limiter l'affront, bredouilla que c'était son idée et que jamais son fils n'aurait eu pareil comportement si ce n'était pour satisfaire à son devoir filial et obéir à sa génitrice. Mais Achille entra dans une de ces colères dont-il avait le secret et se rua sur le manipulateur. « Encore heureux qu'il fut ivre mort ! », pensa Ulysse, qui n'eut la vie sauve que grâce à son agilité. Plusieurs gardes se jetèrent sur le soudard pour empêcher un duel funeste, et le ramenèrent dans ses appartements.

Le banquet se termina assez rapidement. Cette histoire avait jeté un froid et plus personne ne savait comment se comporter, les hôtes du banquet ayant été pris en flagrant délit de mensonge. Quant au futur grand guerrier, il était vexé d'avoir eu recours à ce stratagème sous l'influence de sa mère. C'était un meneur d'hommes, pas une femme de palais ! Le lendemain, il se rebella ouvertement contre sa mère. Ulysse entendit, non sans une grande satisfaction, les éclats de voix du jeune homme qui reprochait à ses parents son déguisement grotesque. Ces derniers rétorquèrent que s'il ne s'était pas saoulé comme à son habitude, il serait passé inaperçu.

Achille vint voir Ulysse – qui faisait mine de quitter le palais en pliant ses affaires – pour lui dire qu'il était de la partie et qu'il le suivrait à Troie avec ses

Myrmidons, même s'il ne goûtait pas à cette guerre qui ne le concernait pas.

Thétis, rompue aux intrigues de la cour et qui voyait le jeu de notre renard, intervint à ce moment avec les paroles amères d'une âme désespérée. Reconnue pour ses dons de divination, elle prédit à son fils un funeste destin s'il partait. Il avait le choix entre avoir une existence paisible et longue s'il restait, ou glorieuse mais brève s'il s'engageait à guerroyer contre les Troyens. Sa mère espérait par cette prophétie le convaincre de rester. Cependant, Ulysse profita d'un instant, seul avec Achille, pour vaincre ses dernières réticences en lui certifiant que la gloire et l'immortalité l'attendraient sur le champ de bataille. Il serait un homme connu à travers les temps, et les poètes chanteraient longtemps ses exploits.

Achille, piqué au vif de s'être fait surprendre déguisé en femme comme un lâche pour ne pas aller au combat, céda facilement aux manipulations d'Ulysse. Il se sentait obligé de partir pour sauver son honneur, montrer son vrai caractère de guerrier et son indépendance d'esprit. Nul ne devait lui dicter ses choix ! Et surtout pas sa mère.

Aujourd'hui, à l'automne de sa vie, Ulysse s'en veut. Il se sent responsable de la mort d'Achille.[12]

« Je l'ai manipulé, dit-il à son ami. J'ai utilisé sa position, sa honte, et j'ai fait d'Achille une bête à tuer pour la gloire.

---

[12] Dans les poèmes de *L'Iliade* d'Homère, Achille meurt touché au talon par une flèche tirée par Pâris (fils du roi de Troie), au cours de la guerre de Troie.

– Tu es bien orgueilleux Ulysse. Ne crois-tu pas qu'Achille, éduqué par son père, sa mère, et ayant vécu une vie de prince, n'était pas préparé à un tel destin ? Il ne pouvait sans doute pas lui échapper, avec ou sans toi ! Il serait peut-être mort sur un autre champ de bataille, c'est tout !

– C'est donc ça la vie pour toi ! Tu penses que l'influence des dieux, l'éducation et les expériences qu'il a subies dans la vie l'obligeaient à réagir de la sorte ? Point de décision, point de libre arbitre, et donc point de manipulation de ce libre arbitre de ma part ? Tu affirmes que tout était écrit ?

– Oui, je pense que les Moires[13], qui tissent la vie de chaque être humain, forgent aussi leur caractère.

– Donc nous ne serions que des marionnettes conditionnées par notre entourage et les expériences de notre vie ?

– En effet. Tu vois Ulysse, tu n'as pas à t'en vouloir d'avoir poussé Achille à commettre l'irréparable. Il l'aurait sans doute fait lui-même.

– Alors c'est bien pire ! Dans le futur, Achille ne sera pas reconnu comme je le lui ai promis, en tant que grand guerrier, mais comme un homme qui a réagi sans vraiment décider de son destin. Comme une feuille poussée au gré du vent. Un héros malgré lui ! Son histoire s'éteindra avec sa mort. Je suis un scélérat ! »

Le vieil homme se lisse la barbe, regardant au loin la mer Adriatique qui balaie les côtes de l'île.

« Qui était Achille, Ulysse ?

---

[13] Les Moires sont trois déesses grecques qui tissent le destin des humains. Chez les Romains, on les nomme Les Parques.

– Achille ? Achille était un garçon fougueux, avide d'aventure et de découverte. Il était aussi orgueilleux, colérique et intrépide.

– Et dis-moi, cette personnalité, qui la lui a donnée ?

– Eh bien les dieux, pardi ! En lui donnant l'éducation, la famille et les rencontres qu'il a faites. Nous en avons discuté. Nous sommes tous conditionnés par notre vie.

– En effet, si Achille n'avait pas vécu cela, aurait-il été Achille ?

– Non, bien sûr, je suppose que non.

– Alors c'est bien la personnalité d'Achille, unique et indépendante, qui a pris ces décisions. La liberté d'agir n'est pas la liberté de faire une chose que notre caractère nous ferait réprouver.

– Donc pour toi, la pensée d'Achille a été modelée par son environnement mais il est resté libre de prendre ses décisions à l'aune de ses sentiments. Il est donc seul responsable de ses actes ?

– Nous sommes qui nous sommes. Comment en serait-il autrement ? Personne ne nous oblige à prendre une décision. Nous la prenons en fonction de nos connaissances, de nos besoins et de nos inclinations. »

Après cette discussion animée, Ulysse se sent apaisé. Pour la première fois de sa vie, il a trouvé plus rusé que lui. À moins que ce ne soit plus logique ?... Le soleil se couche sur la mer et irradie de ses rayons orange son visage ridé de vieil homme heureux.

* * * * *

Notre enfant est songeur. Il semble que ses créations soient libres et responsables de leurs actes, et cependant contraintes par leur conditionnement. C'est paradoxal. « La liberté est toute relative », se dit-il. Sans qu'il n'y prenne garde, ses expériences le façonnent et il ressent, dans sa structure même, les implications de ses découvertes. Il évolue, il grandit…

Il souhaite à présent visiter une autre planète afin de voir comment d'autres espèces se comportent. Sa curiosité insatiable l'entraîne vers de nouvelles destinations.

Il prend la grande feuille d'espace-temps où il se trouve, et la plie pour passer, en un clin d'œil, de la Terre à un autre monde qui se trouve à plusieurs centaines d'années-lumière. Durant son bref voyage, les galaxies dansent autour de lui dans un ballet effréné. Sous l'effet de la vitesse, les étoiles fusent en bouquet comme un feu d'artifice, et derrière lui l'espace semble fuir, comme happé par le vide lui-même.

Arrivé sur la troisième planète du système solaire d'Andrion, il découvre une population qui avait évolué de la manière la plus étonnante. Pourtant, dans cet endroit également, la vie s'accompagne de son lot de malheurs.

Rêve de dragon

T rois lunes tournent autour de cette charmante petite planète bleutée, deux fois moins grosse que la nôtre. Sur cette terre, créée par notre origamiste et située aux confins de l'univers, existe une contrée verdoyante au centre d'un unique et immense continent. Plusieurs peuplades habitent des contrées différentes de cette grande terre, mais l'enfant se dirige vers ce lieu de verdure qu'il avait conçu avec beaucoup de fierté, espérant une évolution favorable des populations autochtones tant il avait mis d'amour et de plaisir à réaliser sa création…

Dans ses souvenirs, le peuple qui occupait cet endroit était paisible et vivait de l'agriculture ; de prime abord, un Terrien aurait pensé atterrir au Moyen Âge. Notre visiteur, qui avait vu naître ce peuple, s'aperçut tout de suite d'une différence notable dans leur comportement : la joie et la légèreté semblaient avoir déserté les habitants.

À l'origine, la population occupant ce côté du globe était composée de deux ethnies qui vivaient en bonne entente. À la maison de la concorde siégeaient les élus des Estruits et ceux des Eluanides.

Le premier peuple venait du nord. Les hommes et les femmes avaient un teint vert pâle, ils étaient grands et maigres avec des yeux émeraude aux reflets d'or, ce qui leur conférait une beauté certaine et une immense grâce. Ils composaient la minorité de la population de cette contrée. Les seconds, plus nombreux, étaient plus trapus. Ils avaient le teint rose pâle et une pilosité plus importante. Cette population s'était sédentarisée avec le temps, contrairement aux Estruits qui vivaient de la cueillette dans la forêt. Enfin, c'était ainsi il y avait de cela plus de 10 000 ans, lorsque l'enfant monde avait créé ces peuples.

Aujourd'hui, le village principal de la vallée semble sans vie, on y perçoit peu d'activité et les gens semblent habités par la peur. Notre ami se met à les observer avec compassion et tristesse. Il aurait voulu les aider, mais il s'est promis de ne jamais intervenir dans l'évolution des mondes qu'il avait créés, pour laisser une certaine liberté aux humanoïdes qui les occupaient.

Les peuples qui habitent cette planète vivent à travers l'art. Chacun se doit de développer un don artistique, quel qu'il soit, dès son plus jeune âge. Ce don vivifie et structure l'imagination, ce qui permet de se créer une chimère, sorte d'animal-totem composé de matières premières, d'objets de toutes sortes et même de morceaux d'animaux. Il y avait un temps où chacun avait sa chimère, issue de son imagination. Ainsi, les hommes et les femmes vivaient avec leur « esprit frère ». Bien souvent, les goûts et les possibilités des créateurs étaient limités ; leurs chimères étaient alors bancales, ce qui créait une ambiance comique du meilleur effet dans les rues du village. Les personnes étaient souvent suivies de leur construction de bric et de broc, bringuebalante, aux effets des plus stupéfiants. Et chacune d'elle possédait au moins une ou deux capacités très utiles à leur propriétaire. En revanche, dès que l'esprit du créateur était fortement perturbé, distrait, ou s'il s'endormait, la création se disloquait.

Ces monstres revêtaient bien souvent des formes en relation avec les occupations de leur maître, et possédaient même, pour les plus évolués, leur caractère propre. Ainsi les jardiniers et les paysans avaient-ils des chimères sylvestres, la plupart du temps formées de bois mort structuré autour d'un arbre et armées d'outils pour cultiver. Elles pouvaient être des auxiliaires précieuses pour le travail des champs. Les forgerons, eux, possédaient diverses créatures de métal crachant du feu et dont les membres se terminaient par des pinces ou des marteaux. Quant aux pêcheurs, ils possédaient le plus souvent une sorte d'ichtyo-chimère composée d'un ensemble de poissons : poissons-volants, requins, thons narvals. Cela donnait un mélange assez étonnant. Seul souci : ces chimères ne vivaient pas hors de l'eau...

Certaines chimères très gracieuses étaient purement destinées à divertir le public. On trouvait dans cette catégorie des nymphes semi-poisson/semi-oiseau, des singes ailés à queue de lézard et tant d'autres bizarreries. Quelques-unes dispensaient même des soins ; les guérisseurs pouvaient en effet être secondés par une plante dont les feuilles, les fleurs ou la sève permettaient de soigner les personnes malades. Leur puissance n'avait pour limite que l'imagination de leur propriétaire.

Il n'existait que peu de maîtres-chiméristes, mais ces visionnaires excellaient dans leur science, et leurs créations soudain prenaient vie. Réellement vie ! Ces artistes concevaient des dragons et autres créatures fantastiques avec divers matériaux, en faisant appel à la transcendance artistique comme ciment. Ils pouvaient former des chimères qui avaient même leur propre caractère ! Certains affirment qu'elles avaient aussi leur propre vie et qu'elles n'appartenaient plus à leur créateur... Une partie des maîtres-chiméristes étaient nommés « les gardiens ». Ils possédaient des dragons et se consacraient à la défense de la nation.

Aujourd'hui il ne reste plus trace de cette vie foisonnante et exotique. Les villageois que l'on peut apercevoir se rendent à leur labeur seul, le dos courbé et le regard craintif.

À la fin du printemps, les peuplades du sud venaient dans la vallée sur leurs arbres-villes, volant avec leur cheptel d'arbres fruitiers pour vendre leur cargaison puis repartir. Les arbres des airs possédaient un tronc qui renfermait du méthane synthétisé par le végétal sous l'effet de la décomposition de ses parties internes. Si le tronc et les branches étaient légers, les racines étaient lourdes, pleines d'eau, ce qui permettait à ce dernier de voler en position verticale, comme une graine de pissenlit poussée par le vent. Les plus majestueux et les plus anciens d'entre eux pouvaient avoir une couronne de deux cents mètres de large et une hauteur de près de six cents mètres de haut. Le tronc de ces « vénérables » pouvait alors atteindre plus de cinquante mètres de large. Leur migration était annuelle. Les arbres fleurissaient au sud, dans les hautes couches d'air, baignés par les nuages dans lesquels ils puisaient l'eau. Puis, ils étaient emportés par les courants aériens vers des terres plus fécondes, au nord, qui leur permettraient de trouver les nutriments nécessaires. Il leur fallait en effet s'ancrer dans un sol extrêmement fertile pour se ressourcer et se reproduire.

Tout cela se produisait le plus naturellement du monde. Plus les vents poussaient les arbres vers le nord, plus leurs fruits se gorgeaient de sucre et les alourdissaient, et plus ils se rapprochaient du sol. Arrivés dans la vallée peu avant le début de l'été, ils se posaient lentement sur la plaine et s'enracinaient, le temps pour les fruits de mûrir et de tomber dans une terre riche afin de créer les futures générations de plantes. Lorsque les arbres étaient rassasiés et que leurs fruits étaient tombés ou avaient été cueillis, ils retrouvaient leur légèreté. Ce moment correspondait à la fin de l'été et à l'inversion du courant des vents qui les ramenaient vers le sud passer l'hiver.

Les peuplades du sud avaient colonisé les arbres grâce à deux types d'animaux qu'ils utilisaient comme destriers : les lioneaux volants, des félins dont le frottement de l'air sur les poils produisait de l'électricité statique qui créait un champ antigravitationnel, et les crapauds-buffles qui pouvaient faire des sauts d'une centaine de mètres avec leur cavalier, grâce à l'hélium qu'ils produisaient naturellement et dont ils étaient remplis.

Depuis de nombreux siècles, les peuples du sud avaient créé des villes entières sur les plus grands arbres. Ils gardaient et soignaient les plus jeunes comme s'il s'agissait d'un troupeau de loops (une sorte d'animal herbivore qui se nourrit de cactus dans les déserts du sud).

Puissamment armés, ces hommes étaient respectés et redoutés. Mais par-dessus tout, ils étaient appréciés, et pas seulement parce qu'ils rapportaient les fruits qui permettraient à toute la vallée de se nourrir durant une année.

Ces humains élancés aux yeux gris-vert, au teint cuivré, dotés d'oreilles pointues à l'extrémité velue, étaient de bons vivants et de bons commerçants qui échangeaient, une fois la saison du soleil ardent venue, toutes sortes de produits exotiques contre des objets artisanaux autochtones. Cette visite estivale donnait lieu à de nombreuses fêtes durant toute la saison. Pourtant, aujourd'hui, alors que nous étions déjà au début de l'été, nul arbre en vue, nulle fête, nulle joie n'animait la vallée.

Prenant forme humaine, le jeune enfant demande à un habitant d'où vient ce changement dans les comportements des gens. C'est ainsi qu'il apprend la triste nouvelle. Les Estruits, un dictateur à leur tête, avaient asservi toute la vallée, interdisant l'art profane. Seul l'art officiel estruyen, qui avait été expurgé des idées subversives, était autorisé. Toute réalisation « dégénérée » était prohibée et punie de prison.

Les dragonniers, créateurs d'artéfacts guerriers qui jadis étaient les gardiens de la paix, avaient aujourd'hui tous disparus, tués par Etroc, le roi sombre, et son dragon de nuit. Cela s'était passé il y a déjà deux siècles, et les héritiers du premier roi avaient repris le flambeau de père en fils, créant une dynastie de tyrans. Aujourd'hui, Tréboc 1er, leur successeur, règne sans partage sur la vallée. Ses gardes, endoctrinés et entraînés dès leur plus jeune âge, possèdent des dragons tous identiques, couleur gris métal, faits selon l'art officiel. Ils sont créés à partir du sacrifice d'animaux, chats, chevaux, grenouilles, chauve-souris, fusionnés le jour de la fête des Trois lunes rouges. Cette « école des ombres » a donné naissance à l'élite du peuple qui dirige l'Armée Étincelante.

« Une main de fer dans un gant de crin ». C'est l'expression consacrée dans le pays pour évoquer la manière dont le jeune roi dirige ses sujets. Cela se résume à de la violence brute, sans fard ni compassion feinte.

Dans le bas peuple, il est désormais interdit de pratiquer un quelconque art non officiel et de créer une chimère. Seules celles utiles à la construction du château sont tolérées, et uniquement si elles sont faites dans les règles en vigueur et dûment validées par les sbires du roi. Quelques hommes s'opposent à l'oppression, avec leurs piètres moyens, et l'espoir s'étiole au fur à mesure que les années passent. Depuis que les villages des airs ont été vaincus, et Asturian, le dernier héros, tué, les opposants n'offrent que peu de résistance au dictateur. Parmi les individus qui ne courbent pas l'échine, se trouve un vieil homme boiteux. Il est venu s'installer au village l'année qui a suivi l'écrasement de la révolte des Trois Arbres.

Considéré comme sénile par le pouvoir, et donc sans danger à ses yeux, on le laisse vaquer à ses affaires. Mais comme il l'affirme lui-même, il faut savoir « faire l'âne pour avoir du foin ». Plus malicieux qu'il n'y paraît, il s'est ainsi mis à diffuser des idées subversives qui auraient mené le simple paysan à l'échafaud. Le roi se dit qu'un bouffon de son genre est bien utile comme exutoire pour maintenir le calme dans la population opprimée. Aussi, lorsque ses sbires patrouillent au village et le croisent, ils se contentent de répondre à ses provocations en le bastonnant afin que tout le monde se rappelle qui dirige dans la région.

Cependant, l'action du vieil homme ne se borne pas à invectiver les gardes de son altesse. Il a ouvert une discrète école nommée par les initiés « confrérie des chimères », où il éduque les enfants d'un village reculé de la vallée. Il tente de faire subsister l'art libre, face à l'art officiel appris dans les écoles de « l'unité de la vallée » et instauré par la dictature.

L'enfant monde se rend en ce lieu pour voir comment y sont instruits les jeunes, et en apprendre davantage sur le funeste destin de la contrée…

Un petit groupe d'adolescents, parmi lesquels on trouve Oléis le fils du forgeron, Marty la fille du puisatier, et Plougass l'enfant de la volaillère, étudie l'art chimérique. Leçon après leçon, ils apprennent à créer des dragons de pierre de feu, d'acier, d'os, de bois et de vent. Oléis apprend bien mais reste à distance de ses amis. Cette solitude n'a rien à voir avec de la timidité ou une quelconque mélancolie. En fait, il est doué, tellement doué qu'il se sent supérieur à eux et passe son temps à les snober. Fort de ses certitudes, à l'âge où l'on ne possède parfois que cela, il se permet même d'être méprisant avec ses compagnons. Le professeur a beau lui expliquer l'intérêt pour une création magique d'avoir l'assentiment et l'appui de ses amis, il a beau lui montrer que la force est dans le groupe, le jeune entêté égocentrique ne jure que par l'idée d'une liberté totale, qu'il ne peut concevoir dans une équipe. Qui plus est, « une équipe de bras cassés », pensait-il.

Oléis ne se laisse plus rien dire. Il a 17 ans, se sent autonome et adulte. Il aime se comparer au héros qui a tenu tête au roi des rois, le glorieux Asturian. Un jour où il est plus arrogant qu'à son habitude, le vieux le prend à part.

« Écoute jeune imbécile, je sais que tu es doué, toutefois cela ne suffit pas. Il faut être soutenu dans une lutte, et pour cela il faut reconnaître le talent des autres. Seul, tu n'arriveras à rien !

– Asturian, notre héros, a combattu seul ce roi maudit lors de la bataille des Trois Arbres ! Il n'a eu besoin de personne ! Cet homme a fait honneur à notre cause et nous, nous courbons l'échine comme des lâches !

– Asturian était un idiot !

– Comment pouvez-vous affirmer cela ? Vous n'êtes qu'un vieux professeur mou et décati !

– Tu veux savoir qui est Asturian ? Ce qu'il est devenu ? Jeune fou ! Eh bien je suis Asturian ! »

Cette affirmation déstabilisa Oléis un court instant. Pourtant il reprit de plus belle.

« C'est cela, et moi je suis un poulet qui aboie ! railla-t-il. Lui, il a vaillamment combattu les troupes du roi sombre aux côté des royaumes volants ! Il a montré à l'oppresseur que jamais le peuple ne se laisserait dominer ! Vous ne pouvez pas en dire autant.

– Non, espèce de chiot immature. Cela ne s'est pas passé comme ça. Ces histoires ne sont que des contes pour enfants et pour les naïfs qui veulent garder espoir dans une victoire facile, sans vraiment y croire. Écoute-moi, je vais te raconter la vraie histoire de la bataille des Trois Arbres. Sans me vanter, je pense que j'étais le meilleur chimériste du monde connu d'alors, mais j'étais jeune, trop jeune, imbu de moi-même et persuadé d'avoir une grande destinée. J'avais l'esprit rempli des anciennes histoires héroïques du passé. Je ne souhaitais qu'une seule chose, faire mes preuves dans un combat héroïque, sans penser aux conséquences. À cette époque, au nord du village, dans les montagnes, il y avait une bande de maîtres qui résistaient encore à la dictature. Ils menaient des attaques surprises et disparaissaient. Ils étaient soutenus par le village sans que personne ne put le prouver. L'un d'entre eux était mon mentor. Il s'appelait Landolf. »

Les larmes coulent à présent des yeux du vieil homme. Puis son regard vitreux se perd dans le lointain comme si sa vision remontait le temps.

« C'était juste avant l'été, il y a exactement quarante ans aujourd'hui.

Les trois arbres-villes du peuple volant devaient venir se planter dans notre vallée fertile, comme chaque année, avec leurs nombreux arbres fruitiers. Le commerce avec ces voyageurs permettait au village d'avoir une ouverture sur le monde extérieur et, plus encore, donnait à la résistance l'occasion d'obtenir à travers les échanges, vivres, armes et informations. Le père de Treboc 1er, son altesse Altrail, ne pouvait continuer à accepter cela. Il avait donc préparé un comité d'accueil aux étrangers. Des arbalètes géantes munies de carreaux enflammés pour détruire les arbres, et d'autres avec des grappins attachés avec une corde à du lest pour les immobiliser, avaient été mises en embuscade. Plusieurs centaines de dragonniers armés jusqu'aux dents étaient sur le pied de guerre. Altrail avait monté une armée invincible pour nous couper du reste du monde.

Le château se trouvait à l'entrée de la vallée, passage obligé des migrants. Les préparatifs avaient été faits à l'abri des remparts, dans le plus grand secret. Les résistants, qui se doutaient des intentions du roi, avaient eux aussi planifié une intervention, dont la réalisation était en cours. Ils ne souhaitaient pas adjoindre les jeunes à l'attaque, sauf en cas d'absolue nécessité. Aussi je ne savais rien de leurs plans. Leurs troupes devaient se rejoindre dans les montagnes afin d'attaquer l'ennemi par surprise, au passage des arbres volants.

Lorsque les arbres-villes approchèrent, suivis de leur cohorte d'arbres fruitiers, le roi donna ordre d'attendre le passage du troisième avant d'ouvrir les hostilités. Les arbres-villes étaient guidés par l'esprit des sages de la tribu. Un chaman s'enfermait au cœur du végétal, qui le nourrissait et l'imprégnait de sa sève, il entrait alors en symbiose avec celui-ci et pouvait le diriger en orientant ses feuilles et ses branches comme les voiles d'un navire. Mais ces manœuvres demandaient beaucoup de temps.

Au passage du dernier vaisseau sylvestre, les arbalètes embusquées se mirent à faire feu de tout bois. L'arbre, qui volait grâce au méthane, un gaz très volatil, s'enflamma immédiatement. Les habitants se jetèrent dans le vide, s'écrasant sur le sol, et les quelques guerriers à pouvoir s'extraire des flammes furent tués par la nuée de dragonniers qui s'était élancée à son assaut. Le deuxième arbre subit le même sort, si ce n'est que la bataille fut un peu plus soutenue. Deux compagnies de lioneaux et de crapauds-buffles avaient pu se lancer à l'assaut. Leur combat était atypique. Les lioneaux, chevauchés par les cavaliers, mordaient à pleines dents les ennemis. Quant aux crapauds, leur longue langue gluante attrapait à plus de vingt mètres les cavaliers ennemis pour les avaler. Ils sautaient et virevoltaient dans l'air avec leur attelage, en évitant les lances des dragonniers, un moment décontenancés.

Bientôt, les archers noirs entrèrent en action et, de leurs flèches enflammées, frappèrent la troupe de batraciens. Là encore, une mauvaise surprise les attendait : lorsque les crapauds étaient touchés par une flèche en feu, ils explosaient, blessant les cavaliers de l'ombre, à proximité. »

Les enfants, attirés par la dispute entre leur professeur et Oléis, ont également entendu le vieil homme raconter son histoire et sont à présent assis autour de lui, buvant ses paroles. Au village, on n'entendait guère que les racontars de vieux ivrognes qui se vantaient d'avoir participé à la bataille sans même pouvoir la décrire. Asturian continua de plus belle.

« Le troisième arbre prit le large, mais le roi sombre avait prévu la manœuvre car il souhaitait le capturer. Sur son chemin de repli vers notre village, il avait fait placer des arbalètes avec du lest. Au passage de la majestueuse cathédrale sylvestre en fuite, ces dernières s'activèrent en un feu nourri. L'arbre fut en un instant criblé de flèches-grappins attachées à des pierres. Une armada de dragonniers s'élança en même temps à l'assaut de la dernière forteresse volante, pour empêcher ses habitants de couper les cordes et annihiler toute résistance.

Peu à peu l'arbre s'alourdissait. Pendant ce temps, la défense s'organisait au sein de la cité sylvestre. Cette fois, cinq bataillons de lioneaux et de crapauds-buffles s'élancèrent de concert sur les troupes du roi sombre, soutenu par des archers à dos de lézards volants. Ces derniers prenaient corps avec la végétation puis, lorsque leur cible passait à proximité, ils l'attaquaient. L'archer décochait ses traits meurtriers alors que le lézard mordait les victimes.

La bataille était à son comble lorsque, n'y tenant plus, je m'élançai pour porter secours aux îliens, prêt à me faire un nom et sans concertation avec mes pairs. Ce que je ne savais pas, c'est que non loin de là, la résistance était prête à intervenir. Ce fut en effet un combat épique !

Le roi, à la tête de ses troupes de choc, taillait en pièces les forces de l'adversaire. Les hommes du sud se battaient vaillamment, cependant ils étaient submergés par le nombre. La carapace impénétrable des dragons de fer donnait encore un avantage supplémentaire aux troupes du roi. J'arrivai déterminé, avec ma chimère de pierre qui crachait de la lave. Mon dragon était puissant, mais que pouvais-je faire tout seul avec mon destrier ?

Après un virage à 360 degrés, contournant l'arbre comme un bolide, j'affrontai directement la tête du cortège ennemi. Surgissant à pleine vitesse sous les frondaisons de l'arbre, je pris le roi par surprise. Mon dragon asséna au monarque un coup de queue en pleine tête et celui-ci tomba de son destrier dans une chute vertigineuse. Un instant, tout le monde retint son souffle. Le cours de la bataille allait-il être renversé ? Malheureusement non, car l'un des sbires rattrapa son seigneur. Ce dernier, humilié par le coup que je venais de lui porter, mit alors un point d'honneur à me réduire en morceau. Avant cela, il donna de nouveaux ordres à ses hommes pour contrer toute attaque provenant des alentours du village. L'effet de surprise, sur lequel comptait la résistance, inférieure en nombre, était définitivement perdu.

J'étais affairé à matraquer d'autres soldats lorsque le roi revint à la charge. J'évitai de justesse son coup et me remis en ordre de combat. Les résistants restés dans la forêt comprirent que mon intervention à visage découvert avait mis à mal l'effet de surprise. Pire encore, n'étant pas masqué, cela mettait en cause tout le village car j'étais le fils du tailleur de pierre. Ils n'avaient plus le choix, ils devaient partir rapidement au combat car en cas d'échec, les habitants paieraient le lourd tribut de la défaite. Ils s'élancèrent vers le lieu du combat. Cependant leur décollage en catastrophe provoqua un certain chaos dans leurs rangs. Ils arrivèrent alors en ordre dispersé sur le champ de bataille…

Une centaine de chimères, cachées dans des endroits indécelables, décollèrent tour à tour des forêts et du village. De vieux rochers semblaient prendre vie, des arbres centenaires se transformaient en oiseaux de proie, des geysers devenaient dragons d'écume, des nuages électrisés s'amoncelaient pour devenir des rapaces lançant des éclairs. Toutes ces créatures fondirent sur l'armée d'acier du roi maudit. Les chimères d'eau noyaient leurs ennemis, celles qui crachaient du feu les brûlaient. Les dragons de vent étourdissaient nombre d'assaillants. L'ennemi semblait perdre du terrain, malgré l'impréparation des secours. Mais le roi, avisé, avait prévu des troupes de réserve, et le retournement de situation fut de courte durée.

Bientôt, une nouvelle vague de trois cents dragonniers vînt soutenir celle en déroute. Une à une, les chimères et leur cavalier mordirent la poussière, non sans un magnifique combat, une de ces batailles épiques que les ménestrels raconteront, génération après génération, après l'avoir enjolivée et arrangée à leur manière.

Et moi je ferraillais toujours avec le roi, dans un combat épuisant et débridé. Son dragon était puissant. Chaque coup de queue fracassait la pierre de ma chimère. Je tentai alors une manœuvre pour me sortir de cette mauvaise position. Je sautai sur son dragon avec mes deux couteaux, pensant les planter dans la bête comme un grappin. À mon grand désarroi, aucun ne pénétra sa cuirasse. Je tombai dans le vide lorsque Gandolf me rattrapa. C'est au moment où il me sauvait qu'il fut touché en plein cœur par une flèche. Je le vis s'éteindre, en même temps que sa chimère se désagrégeait… Heureusement, grâce à son intervention, mon dragon de pierre eut le temps de se placer en-dessous de moi pour me récupérer. Je sautai sur ma monture, bien décidé à venger mon maître. Les hommes du peuple des arbres et les maîtres chiméristes tombaient autour de moi, tandis que la force de ma propre chimère s'affaiblissait. Le roi l'avait bien perçu et il fondit sur moi pour me donner le coup de grâce. Je sautai de ma monture en faisant un demi-tour et lui plantai mon épée dans la gorge, lorsque dans le même temps, sa lance, tendue vers moi, me sectionna le muscle de la jambe droite. Lui, mort, continua sa route sur son dragon tandis que je tombai dans l'abîme. Par chance, mon choc fut amorti par les arbres et la végétation.

Les soldats se vengèrent sur ma chimère qui les entraîna au loin, pour me sauver. Elle fut mise en pièces, sans autre forme de procès. Étendu sur un lit de fougères, inanimé et blessé, je ne dus ma vie qu'à une guérisseuse qui me trouva et me ramena dans sa hutte pour me soigner.

Le dernier arbre volant fut fait prisonnier avec son peuple qui dut cultiver dans des serres les arbres fruitiers. Mes maîtres étaient tous morts, ma jambe droite ne répondait plus, mais pire encore, ma chimère avait à tout jamais disparu. Il est très rare qu'après la perte de sa chimère on puisse en recréer une autre. C'est un peu comme un rêve brisé. L'individu lui-même doit se reconstruire avant de pouvoir rêver à nouveau.

Et à quoi crois-tu que tout cela servit ? À rien ! Le fils du roi lui succéda. Il avait vingt ans et était encore plus fou que son père. En représailles, le village fut incendié et les habitants durent, pendant vingt années, payer une taxe plus lourde que celle des autres bourgs. Le nouveau monarque consentit à y mettre fin lorsque la population, touchée par la famine, déclina de manière critique. Tout cela à cause de ma fougue et de ma bêtise… ! On ne gagne pas seul et sans préparation. Mets-toi cela en tête ! »

Oléis se tut. Il venait de comprendre pourquoi ce vieil homme formait depuis si longtemps de jeunes chiméristes en secret. L'ancêtre, comme l'appelaient affectueusement les jeunes, était donc le seul survivant de cette bataille épique. Et combien sa leçon avait été difficile !

Asturian, de son côté, fixait son jeune disciple, le regard mouillé par la buée de ses souvenirs douloureux, espérant que l'adolescent apprendrait de ses erreurs à lui. Au fond de son cœur, il craignait toutefois le besoin qu'a la jeunesse d'éprouver les leçons des anciens afin de les retenir.

Les enfants autour du vieux guerrier n'ont pas perdu une goutte de son récit, dont ils se sont abreuvés. Oui, son erreur a coûté cher. Oui, les villageois ont payé pour sa bêtise, mais aucun d'entre eux ne songeait à le blâmer. Après tout, Asturian ne savait pas que ses aînés avaient préparé une riposte. Et puis il est là, lui, le témoin de cette ancienne bataille. Preuve que l'on peut tuer un dictateur et que l'on peut survivre. L'espoir renaît dans leur cœur, et à jamais leurs chimères s'en trouveraient transformées. Plus puissantes, plus robustes, plus courageuses, elles allaient incarner l'esprit de la révolte.

* * * * *

L'enfant monde observe la lueur de leurs yeux. Et ce qu'il y voit le terrifie. L'histoire ne s'arrêterait pas ici. Trop d'injustices avaient été commises. Trop de sang versé. Trop de rancœurs étouffées pour que le combat ne cesse à présent. Et vivre dans l'ombre de la paix d'une tyrannie, était-ce vraiment souhaitable ? Il reviendrait observer l'évolution de cette planète insolite. Pour l'heure, il en a assez entendu. Cette injustice est insoutenable à ses yeux. Cependant, comme il se l'était promis, il va laisser la vie évoluer librement. Il lui faut à présent partir au plus vite car il sent grandir en lui une colère insurmontable.

L'enfant qui s'était plié en quatre pour façonner des mondes harmonieux et équilibrés voit toutes ses réalisations sombrer dans le chaos. Parfois de manière définitive, parfois de manière temporaire. Mais avec quel déchaînement de haine ! Est-ce naturel ? Ses créations doivent-elles, au nom des règles de la physique, se détruire ? L'entropie, cette force destructrice, doit-elle avoir raison de tout ?

La douleur vive qui émane de ces mondes a un impact délétère sur le moral de l'enfant du cosmos. Il ressent intimement le malheur qu'il rencontre. Cela le froisse, au sens figuré comme au sens propre du terme ; des rides et des tensions apparaissent en effet sur tout son corps astral. Des trous noirs, d'où aucune lumière ne ressort, se forment dans l'espace. Ils engloutissent les planètes et les galaxies. L'univers semble ébranlé par des ondes gravitationnelles qui parcourent le cosmos et le font trembler de toute part. Toutefois, les éclats des milliards d'étoiles agissent comme autant de phares, dans la nuit, qui réchauffent le cœur glacé de l'enfant et l'aident à reprendre sa réflexion de manière plus positive.

« Non », pense-t-il. « Il reste de l'espoir pour la vie, la liberté et l'amour. » Il avait ressenti ces forces à l'œuvre chez certaines populations qu'il avait croisées, ainsi que sur cette dernière planète. Pour en avoir le cœur net, il met le cap sur la Terre, son habitat estival, afin de suivre la vie d'une famille à travers les âges…

Pour parvenir à ses fins, il va faire ce que seul un être comme lui pouvait réaliser : il va s'immiscer dans l'esprit de toute une généalogie afin que les descendants lui racontent, tour à tour, l'histoire de leur vie au crépuscule de leur existence. Tous lui résument ainsi, avec des paroles simples, parfois hésitantes et empruntes d'émotion, leur destin. Comme des fantômes vaporeux, leurs visages lui apparaissent les uns après les autres, faibles étincelles d'une vie passée, témoins chancelants d'un autre temps lui livrant les reliques d'un monde perdu.

Arbre de vie

U ne première figure apparaît comme sortie d'outre-tombe… Un paysan au visage fermé, qui laisse poindre la peur au détour d'un regard, s'exprime de manière bourrue, comme pour mieux cacher son anxiété.

« Nous sommes en hiver de l'an de grâce 1050. Je suis bûcheron, au service de notre bon seigneur Louis. Au village, on m'appelle Georges le Bloc, autant à cause de ma carrure que pour ma capacité à fendre les grosses bûches de bois. Je suis le meilleur du comté. Aux jeux du village, c'est moi qui mène la danse. Au lancer de troncs, chaque année depuis sept ans, je suis le meilleur. Mais ma Katel, je l'ai séduite un hiver de l'année 1040 pour la fête du solstice, en faisant des sculptures sur bois avec mes outils.

Mon seigneur Louis m'a promis d'employer mon fils au château si je lui rends fidèlement service. Il compte sur moi car il a grand besoin de bois.

On dit que je suis un peu timide. Je ne parle pas beaucoup. Dans mon travail on n'est pas bavard. Le boulot de bûcheron, c'est avant tout une épreuve de force et d'endurance. Un métier rude pour des gens rudes.

La vie ne m'a pas épargné. À la maison nous comptions sept bouches à nourrir : quatre filles, un garçon, ma femme et moi. Une razzia de brigands, qui me coûta l'oreille gauche, fit de nombreux morts. Ma famille ne fut pas épargnée. Difficile d'enterrer suffisamment rapidement les cadavres. Le manque d'hygiène attira la peste qui eut raison de mes filles et de ma femme. On a dû brûler toutes nos affaires, jusqu'à notre chaumière, pour détruire les miasmes. J'ai trouvé refuge, pour un temps, dans une autre demeure appartenant à mon maître et protecteur. Je garde encore de cette période un effroyable souvenir. Je le sais, la mort rôde autour de nous… »

Une autre figure plus ronde, aux joues rebondies, piquée de petits yeux noirs, ayant des traits de ressemblance avec le premier fantôme, apparaît, fière et passionnée…

« Il est tard en cette année 1142. Je suis cuisinier en chef du Duc et nous préparons son mariage. "Bloc, me dit-il, tu es le meilleur cuisinier du Duché, je compte sur toi pour préparer de quoi sustenter nos invités."

Le Duc a été bien bon pour moi. Ma fille a été engrossée par un soldat de passage et a donné naissance à un enfant. Ne pouvant plus se marier, elle était condamnée à une vie misérable. Le Duc lui a alors offert une situation de lavandière au château.

Mon seigneur a su profiter de mes qualités. Il paraît que je suis un cuisinier hors pair : j'aime marier les saveurs et les arômes afin de rendre hommage au palais des convives. Je suis un bon vivant, et pour un homme comme moi la cuisine est un sanctuaire. Mon seigneur aime vanter mes prouesses décoratives. Nul ne sait aussi bien que moi confectionner des sujets en sucre pour décorer les gâteaux ou sculpter des fruits de saison. Ce soir, mon oreille gauche ne cesse de me gratter. J'en parle à ma fille qui y voit tout de suite un mauvais présage. »

Le visage de sa fille apparaît, tourmenté et apeuré…

« Effectivement, c'est au cours de cette nuit de mariage funeste que la demeure du Duc a été attaquée et détruite par une horde de brigands composée d'anciens soldats et de bandits de grand chemin. Moi, Jeanne, j'ai été la seule à m'en sortir vivante en passant par les cuisines pour disparaître dans le petit bois, juste derrière le château, avec mon enfant ; il portera le même nom que son grand-père. »

L'ombre féminine cède la place à une figure d'homme, amaigrie et maladive…

« Je suis Bloc le Croquant. Ma famille est asservie depuis de nombreuses années. Je suis au crépuscule de ma vie. Mon fils s'est enfui à l'âge de 16 ans, après la mort de sa mère, pour s'extraire de la poigne du seigneur qui nous saigne à blanc. Il aurait embrassé le métier de tailleur de pierre, dit-on. J'ai 32 ans et nous sommes en l'an 1301. Je m'éteins sans avoir pu revoir mon enfant. »

Une tête digne – pourtant marquée par la fatigue – surplombant un cou de taureau, apparaît à son tour…

« On m'appelle Maître Bloc. Je suis sculpteur sur pierre et je participe à l'édification des cathédrales. Je suis une force de la nature mais une force discrète. On me trouve assez réservé. L'art me passionne. Faire des machines pour édifier les cathédrales, participer aux plans de construction et faire des sculptures est mon travail.

Je suis reconnu et riche. Il y a cependant une ombre au tableau : ma femme gâte trop notre enfant. Il est devenu incontrôlable. Il boit, joue aux jeux de hasard, fréquente des amis douteux et trempe dans des affaires peu recommandables. Il a engrossé une prostituée à qui on a racheté l'enfant pour l'élever. Le petit est lui aussi très instable, et nous sommes vieux. Qui en prendra soin après notre mort ?... »

Un visage balafré, une longue pipe au coin de la bouche, coiffé d'un bonnet à poils de grenadier de l'Empire, fait son apparition…

« Je suis un soldat de la Révolution. Mon nom est Bloc et là où je passe, l'ennemi trépasse. Je sème la mort. Elle me fait peur, du coup je la donne bien volontiers aux autres. Ha, ha ! On m'appelle "Bloc le boucher" et ce n'est pas parce que j'aime la bonne chair, même si c'est vrai aussi.

Mon oreille me démange lorsque le danger approche ; je fus plus d'une fois sauvé par ce présage. J'ai épousé une ancienne nobliarde qui a rejoint notre cause. Son mari étant son aîné de quarante ans, je n'ai pas eu trop de mal à la convaincre de le quitter lorsqu'on a mis à sac son château. Elle trouve que j'abuse de la boisson. Cela m'est cependant nécessaire pour oublier l'horreur de la guerre. Nous avons un joli petit ange pour qui j'ai sculpté un jouet en bois. Je suis doué pour tailler le bois. Sans doute un don de la nature que jamais je ne pourrai exploiter à fond. »

Une autre figure apparaît, bouffie et rougeaude malgré la pâleur de l'apparition. Elle transpire la fatigue physique et morale…

« Je ne reconnais plus mon pays tant il a changé. Les voies de chemin de fer balafrent la campagne, les métiers à tisser et les machines à vapeur fleurissent partout dans les villes et villages.

Depuis quelques jours mon oreille me démange. J'aurais dû m'en douter, ces maudites machines m'ont fait perdre mon emploi de forgeron. J'ai été remercié ! Mes deux plus jeunes enfants sont morts de malnutrition. Avec ma Louise, on va aller à la ville où je trouverai un travail à l'usine. J'emboutirai des casseroles en fer pour quatre francs par jour. En attendant, je bois pour oublier mon malheur et je sculpte de petits objets en bois sans savoir d'où me vient cette passion.

Mon corps solide me permet de faire des travaux de manutention en plus, le soir après le travail. Nous nous saignons aux quatre veines pour envoyer l'aîné à l'école. En cette année 1820, nous sommes fiers car il a eu de bons résultats. »

Une tête amaigrie et noircie par la fumée, surmontée d'un képi rouge d'infanterie, apparaît à son tour…

« Je suis Bloc François, le responsable de la barricade Est, près du Père-Lachaise. Toute la matinée mon oreille gauche me grattait. C'était un mauvais présage, je le savais bien, toutefois rien ne m'aurait fait reculer. J'étais fier de défendre la liberté parmi mes camarades communards. Je viens de prendre une balle de fusil dans le pied. Des amis retiennent ma femme affolée qui veut me rejoindre sous les coups de feu. Les soldats chargent…

Mon enfant a quatre ans et je ne le verrai jamais grandir, nous sommes le 26 mai 1870. »

Et les têtes continuent à défiler les unes après les autres, donnant le vertige à l'enfant monde... À présent c'est au tour d'un visage à la coiffure hirsute, joyeux et désinvolte, de prendre la parole …

« Je suis artiste. Je vis des années d'insouciance à Paris, en cette période du début des années 1920. Je côtoie des surréalistes, les dadaïstes, et dans leur ombre, je sculpte. Je n'arrive pas à percer mais je ne désespère pas. Je fais la petite main pour les grands maîtres.

Ma femme, qui est commerçante, assure le principal revenu de la famille. Malheureusement deux de mes trois enfants sont morts de la rougeole. J'aime la science et les nouvelles technologies, toutes ces machines qui améliorent le quotidien me fascinent. J'adore les sucreries. Ma mère m'en achetait lorsque j'étais enfant. »

Un dernier visage à la mine déprimée apparaît alors à l'enfant...

« Je m'appelle Jean Bloc. Je suis quelqu'un de sensible. La peur de la mort me hante, cependant j'en ignore la raison...

J'ai fait de hautes études en ingénierie mécanique. Je suis à présent technicien de production chez ALSTOM. J'ai un unique hobby qui est de réaliser des sculptures articulées. Des sortes d'automates de fer et de bois. Je crée également des tableaux lumineux en 3D grâce à un système de double projection de lumières bleue et rouge. Ainsi, avec des lunettes au carreau gauche couleur cobalt, et droit couleur grenat, les formes lumineuses se détachent du mur. Mes amis, qui sont ma seule famille avec mes parents, ne me trouvent pas très expansif. Je suis trapu et même un peu gros. J'aime la bonne chère, la dive bouteille et les sucreries. Je suis fils unique, je n'ai jamais trouvé de femme et je suis le dernier de ma famille. Depuis ce matin, mon oreille gauche me démange[14]... »

* * * * *

Toute cette souffrance fait tourner la tête de l'enfant monde et lui donne la nausée ! Fatigué, il arrête de scruter l'arbre de vie de cet « être », qui semble se terminer en « queue de poisson ». Il se dit que la vie n'est qu'un long tourment parsemé de quelques rares moments de bonheur. Les questions se bousculent dans son esprit, et son corps tendu se remet à frémir de soubresauts cosmiques. Dans l'univers, les galaxies s'entrechoquent, fusionnent, se déchirent. Il ne doit pas se laisser aller à la dépression.

La vie a-t-elle un sens ? Il ne comprend décidément pas le chaos qui règne dans sa création. Pour tenter de trouver une réponse, il visite quantité de mondes, depuis les planètes jumelles du système Epsilon jusqu'aux grandes gazeuses d'Orion, en passant par les planètes naines de la nébuleuse de l'Aigle où il rencontre de nombreuses espèces humanoïdes. C'est cependant sur Téta 3, une petite planète qui tourne autour d'une étoile brillante au sein de la galaxie d'Andromède, qu'il trouve un semblant de réponse à ses questions.

---

[14] « Toute la suite des hommes doit être considérée comme un seul homme qui subsiste toujours et existera continuellement. » – Blaise Pascal, préface pour le *Traité du vide*, 1663.

63

Il s'arrête dans un royaume traversé par une bien singulière rivière…

Lui qui voulait comprendre le fonctionnement de la roue du destin, il allait être comblé. Sur cette planète cachée aux yeux de tous, il suit la vie d'un jeune homme dont l'histoire se gravera à jamais dans son esprit.

Le sac à malice

Le jeune Jacques était le fils d'un pauvre fermier du royaume de Folck, une terre située dans une zone tempérée de cette planète où se succédaient prairies, forêts et montagnes entrecoupées de cours d'eau. Vu de loin, cet endroit semblait être un petit paradis perdu dans son écrin de verdure. Notre pâtre se déplaçait en montagne, poussant son maigre troupeau de chèvres vers le vallon où coulait la bouillonnante rivière « Malice » dont l'eau claire sautait de pierre en pierre, dévalant la montagne. Elle apportait la vie et la joie sur son passage en arrosant les plantes, mais parfois la mort aussi, lorsque certains animaux se faisaient prendre dans le courant.

Les habitants de la vallée pensaient qu'elle devait son nom à son cours facétieux. Effectivement, l'été, aux fortes chaleurs, elle disparaissait parfois sous terre pour ne renaître qu'en l'hiver à la faveur des longues pluies d'automne. Puis, au printemps, elle débordait de son lit, emmenant tout sur son passage. On disait d'elle qu'elle était comme le destin : imprévisible. Il se pourrait toutefois que l'antique nom de cette rivière ait une autre origine...

Le berger s'approchait du cours d'eau pour y faire boire son troupeau lorsque son regard tomba sur un sac de cuir brun, échoué sur la rive. Le jeune homme ramassa l'objet. Il était de belle facture, très habilement cousu, et se terminait par une solide bandoulière. Ne voyant personne dans les parages, Jacques s'avisa de regarder dans la musette.

Cette dernière contenait sept objets et un message : une dague, un marteau, une épingle tordue, un pot renfermant un mélange d'épices, une lyre, une bague en or, une boussole (qui n'indiquait pas le nord !), et le morceau de parchemin calligraphié.

Le paysan, qui ne savait pas lire, montra le message à un troubadour de passage pour qu'il le déchiffre. Ce vieil homme était un érudit. Avant de courir de village en village amuser le public pour quelques sous, il avait été jadis le précepteur du fils d'un roi puissant. Mais celui-ci, d'un naturel guerrier et violent, n'avait pas admis la raison et la tempérance avec lesquelles notre homme avait enseigné la gestion du royaume à son enfant, et l'avait condamné à mort. Ce dernier, prévenu par son élève, n'avait eu que le temps de fuir avec son singe de compagnie. Poursuivi par les sbires du roi, il avait changé d'identité. Il s'était fait troubadour et c'est ainsi qu'il avait croisé le chemin du fermier. Il lui déchiffra le message, incrédule :

« Sept objets sur ton chemin.
Sept objets qui sont à présent tiens.
Sept épreuves surmontées pour une existence accomplie.
Sept petits tours et la vie s'enfuit. »

« Le texte est assez obscur, dit-il. Il semble signifier que le recours aux objets du sac pourrait se terminer de manière funeste. » Cependant, le vieil homme n'y croyait pas réellement. Sans doute s'agissait-il d'un canular des gens du village pour piéger un esprit simple. Le jeune paysan, un peu superstitieux, ne voulut pas jeter sa découverte, aussi la mit-il de côté afin de l'étudier plus tard. « J'aurai bien le temps d'y penser à un autre moment », se dit-il. Mais du temps, il n'en avait pas. Il était pauvre et son travail de pâtre lui prenait toute la journée.

Les mois s'écoulèrent et Jacques oublia la sacoche qu'il avait remisée sur le dessus d'un placard, dans le cellier.

Un brigand vint à terroriser le royaume. Il avait mis à sac de nombreux villages avec ses sbires. Il volait et tuait les habitants de la région puis fuyait plus vite que le vent, sans que les gardes du royaume ne puissent l'arrêter.

Un jour, ce monstre attaqua le village de notre paysan. Il entra dans la ferme de « Jean le laborieux » – ainsi avait-on surnommé le père de Jacques. Armé de son épée tranchante, il s'en prit au vieil homme qui se défendit comme il put avec les outils de fermier qu'il avait à portée de main. Il se battit vaillamment. Malgré cela, il dut peu à peu céder du terrain sous les assauts forcenés du voleur. Enfin, trébuchant sur un sac de farine, il s'assomma contre le mur. Le voleur se retourna aussitôt vers Jacques qui esquiva plusieurs de ses escarmouches en reculant au fond de la pièce et, évitant un dernier coup, se cogna fortement la tête contre l'armoire. La sacoche en cuir qui se trouvait sur ce meuble lui tomba alors dans les mains.

Le bandit s'approcha avec son arme, prêt à frapper. Farfouillant à tâtons d'une main fiévreuse dans la musette, Jacques se saisit, au hasard, d'un pot, l'ouvrit et jeta son contenu au visage du brigand. Ce dernier se mit à éternuer sans plus pouvoir s'arrêter. Il rougit, puis il enfla, enfla, enfla !... On eut dit une baudruche prête à éclater. L'homme était allergique au poivre ! Il ne pouvait plus respirer et s'effondra sur le sol. Ses complices voyant leur chef à terre prirent la fuite. Quant au jeune paysan qui avait tué l'ennemi numéro un du royaume, il fut présenté au roi.

Les festivités pour la paix retrouvée furent somptueuses. Un énorme banquet avait été donné en l'honneur de la victoire de Jacques. Il était assis à la droite du roi, tandis qu'à la gauche du monarque dînait sa fille, la plus belle femme de la contrée, à ce que l'on disait. Les poètes écrivaient des vers sur sa beauté impérissable. Elle était plus belle que le soleil au zénith.

La princesse, qui n'avait que peu d'expérience de la gent masculine, avait tout de même un œil critique sur l'autre sexe. Elle trouva Jacques bel homme, mais un peu emprunté. Alors il tira de sa musette la lyre, et lui qui ne savait ni chanter ni parler de bonne manière se mit à déclamer des vers enchanteurs qui ravirent le public et conquirent le cœur de la princesse. Cependant, le roi était un homme prudent et ne voulait pas donner la main de sa fille au premier venu.

« Ce paysan ne saurait certainement pas diriger un royaume. », se dit-il. Il ne pouvait accepter qu'un homme aussi peu éduqué et argenté prenne les rennes de son pays. Cela n'empêchait pas sa fille, impatiente de revoir le doux poète qui avait enflammé son cœur, de le presser sans relâche. Le roi assistait à une joute donnée en son honneur, quand il eut l'idée de mettre l'impétrant à l'épreuve pour savoir s'il était digne de régner.

Tout d'abord, en souverain avisé, il convoqua l'héroïque pâtre pour s'assurer que les sentiments que sa fille avait pour cet homme étaient bien réciproques.

Rassuré sur ce fait, il voulut ensuite tester les capacités du prétendant, en lui demandant de résoudre pour lui ce qu'on appelait déjà dans tout le royaume « le mystère des enfants perdus ». Plusieurs jeunes gens de noble famille avaient en effet disparu sans laisser de trace. À lui de retrouver les enfants et de mettre le responsable sous les verrous.

Le jeune paysan n'avait pas froid aux yeux. Il ne voyait cependant pas comment résoudre l'enquête. En revanche, avec sa besace, il se sentait fort. Ne lui avait-elle pas déjà sauvé la vie et ouvert les portes de la fortune ? Il se mit à arpenter la ville afin de retrouver le coupable.

Tous les enfants enlevés étaient de bonne famille, et à chaque fois, ces gens aisés offraient de substantielles primes à qui ramènerait leur progéniture. Pour autant, les habitants ne retrouvaient pas leur descendance. Ainsi, il semblait que la rançon ne fut pas l'objectif du rapt. Parfois, des traces de griffes étaient retrouvées sur les murs de leurs logis...

Le jeune homme s'introduisit avec une lettre de recommandation chez les nobles de la ville. Il surveillait leurs demeures nuit et jour. Un soir de pleine lune, alors qu'il était hébergé chez l'un d'eux, la bête frappa : elle entra dans la chambre de l'enfant pour le kidnapper. Jacques, qui était en embuscade, l'attaqua avec sa dague. Cependant, l'animal, plus rapide que lui, le projeta contre le mur du couloir d'un coup de patte. Le propriétaire et ses valets décochèrent des flèches qui n'eurent, sur la créature, pas plus d'effet que de simples piqûres d'abeilles. Bondissant d'un coup, la bête les terrassa de ses griffes acérées, puis elle se retourna et s'empara de l'enfant. Jean, qui avait retrouvé ses esprits, lui donna un fort coup de dague. De sa patte, le monstre bloqua partiellement l'attaque, mais le couteau pénétra sa chair. Le loup-garou émit un cri strident : cette arme était en argent, le seul métal qui pouvait réellement le blesser. Malgré sa hardiesse, le jeune homme ne fit cependant pas le poids et, d'un coup de son membre valide, la bête l'envoya valdinguer au fond du couloir.

Lorsque le paysan revint faire son rapport au commanditaire, le roi, consterné, se dit qu'il avait échoué comme les autres. Pourtant, le jeune homme parut étonnamment positif et affirma que la capture ne tarderait pas. Il avait en effet remarqué que le chambellan portait un bandage au bras. Loin d'être stupide, l'homme sombre avait compris qu'il venait d'être démasqué…

Notre haut dignitaire, qui ne souhaitait pas se laisser capturer si facilement, concocta un piège simple et efficace. Comme le paysan avait accès aux appartements du roi pour aller voir sa fille, il subtilisa sa couronne et la cacha dans la ferme de son père. Une lettre de dénonciation prévint le roi fort à propos pour indiquer l'endroit où se trouvait l'objet. Le jeune homme fut immédiatement emprisonné. Cependant, grâce à l'aiguille tordue trouvée dans sa musette, sa captivité fut brève : il utilisa ce morceau de fer tordu pour ouvrir la porte de son cachot et se libérer.

Avant que le chambellan ne revienne de sa tournée journalière, Jacques, par l'entremise de la princesse, alerta le seigneur. Mais le retors serviteur du roi trouva une excuse plausible pour sa blessure et accusa le jeune homme de vouloir s'emparer du trône. Jacques rétorqua que celui qui avait menti sur sa vraie nature serait démasqué à la pleine lune, il suffisait de les enfermer tout deux dans des geôles séparées, et attendre. Le roi trouva ces paroles pleines de sagesse et s'empressa de les mettre en application.

À la pleine lune, le chambellan se transforma en loup-garou et dut avouer ses forfaits : il enlevait les enfants afin de les faire travailler dans les mines d'or, pour s'enrichir. Seul leur frêle corps pouvait passer dans les boyaux étroits, et ils constituaient une main d'œuvre plus docile. Il espérait ainsi amasser suffisamment de richesses pour monter une armée dans le but de prendre le pouvoir et régner sans partage sur le royaume.

Malgré les recherches intensives des soldats, les enfants demeuraient introuvables, et le chambellan réclamait sa liberté pour les restituer. De plus, il affirmait que s'il ne se manifestait pas rapidement, ses hommes laisseraient les jeunes gens mourir de faim. Tout ce que la contrée comptait d'hommes et de femmes valides se mit à battre la campagne sans parvenir à les retrouver. Pour ne rien arranger, la région recelait de hautes montagnes qui dissimulaient de nombreuses cachettes potentielles.

Le roi ne voulait pas relâcher le chambellan car cela aurait été un aveu de faiblesse. Il fallait retrouver les pauvres chérubins, sans l'aide du démon qui les avait enfermés !

À contrecœur et à court de solution, Jacques saisit la boussole dans son sac pour qu'elle lui indique le lieu où étaient retenus les enfants prisonniers. Il savait pourtant que l'utilisation de chacun des objets de son sac le rapprochait de son funeste destin. Cette boussole, qui n'indiquait jamais le nord, l'amena directement, lui et les gardes royaux, à la cache des enfants. Les brigands furent mis en prison et les enfants libérés.

Le roi, à présent convaincu de la valeur du paysan, donna la main de sa fille au valeureux héros. Mais de vie de conteur on n'avait jamais vu héros plus fauché que lui ! Comment expliquer au roi qu'il ne pouvait même pas offrir d'alliance à sa bien-aimée ? Il se souvint de l'anneau que contenait le sac, seulement il était bien trop grand pour les petits doigts fins de sa belle. Que diront les nobles en voyant le pitoyable cadeau du paysan à la future reine ? « Cela pourra peut-être passer inaperçu ? » essayait-il de se rassurer, sans conviction.

Le cœur tourmenté, il se risqua pourtant à aller à l'église avec cette bague. Le jour de la célébration, il était plus pâle qu'un linge. Il eut l'impression de monter à l'échafaud quand il franchit les marches de l'autel. La cérémonie parut durer une éternité. C'est alors que le curé demanda aux époux de s'échanger les alliances. À sa grande surprise, la bague si grosse s'ajusta parfaitement au doigt de sa femme et prit un aspect mi-doré, mi-argenté, du plus bel effet. Nul n'avait jamais vu un tel éclat. Elle irradiait d'une lueur apaisante comme si l'amour lui-même brillait en elle !

Cependant, la joie du nouveau roi fut de courte durée. Il n'y avait en effet plus qu'un seul objet dans le sac à malices…

Il se souvint de la phrase funeste écrite sur le parchemin. Il devait à tout prix ne plus avoir recours à son artefact. Comment, en effet, avoir la certitude qu'il ne lui arriverait pas malheur lorsqu'il utiliserait le dernier objet ?...

Il mit le sac dans un coffre cadenassé, placé dans la salle la plus haute du donjon le plus isolé de la citadelle intérieure du château. Puis il jeta la clé dans la rivière Malice.

Durant dix ans, il savoura chaque jour auprès de ses enfants et de sa femme comme s'il s'agissait du dernier. Il avait eu une belle vie et qui sait si elle ne durerait pas encore de longues années ? Cela à condition, bien sûr, qu'à la prochaine épreuve il s'en sorte sans le sac.

Mais le sort en décida autrement. Le seigneur Alturain, puissant despote de la contrée voisine et avide des possessions de notre roi, le contraignit à la guerre par diverses manigances. Son armée dépassait de dix fois celle de notre héros, qui se battit comme un lion et utilisa la ruse du renard pour chasser les troupes ennemies. Cependant, après une sanglante défaite due au surnombre des opposants, il fallut se replier dans le château-fort. Comment s'en sortir ? Impossible de fuir. Impossible de faire appel à son sac. De toute manière, il avait jeté la clé du coffre.

Les défenses extérieures du château cédèrent en premier à la détermination des ennemis qui, à l'aide d'échelles, s'élançaient, vague après vague, à l'assaut des murailles. Beaucoup d'hommes, bons et valeureux, périrent de part et d'autre ce jour-là. Voyant que les assaillants payaient un lourd tribut à la faucheuse, le roi reprit espoir. Le suzerain ennemi allait-il abandonner ? Malheureusement il se trompait… À présent les guerriers survivants commençaient à se masser devant la deuxième muraille. Encore une fois, les hommes du roi se défendirent avec vaillance et les ennemis tombèrent par dizaines. Pourtant, à nouveau, le nombre eut raison de leurs efforts.

Le roi, sa femme, ses enfants et ses derniers hommes trouvèrent refuge dans le donjon le plus haut du château, poursuivis par les assaillants épuisés, qui continuaient à progresser dans les escaliers. Bientôt, Alturain, à l'avant de ses troupes, pénétra dans le donjon. Il s'ensuivit une mêlée dans laquelle les coups s'abattirent comme la grêle. Tout le monde y mettait du sien, la femme, les enfants, les soldats et le roi. Dans la bagarre, Jacques perdit son épée. Alturain tenta de frapper le pauvre roi en détresse d'un fort coup de hache, mais son arme manqua la cible et fracassa le coffre dans lequel se trouvait le sac à malices. Jacques était tombé à la renverse sur les restes du coffre. Désarmée, sa main, en tâtonnant, trouva le marteau, et avant que l'ennemi ne porte un autre coup, il fit volte-face et l'assomma. Alturain s'effondra, entraînant la fuite de ses hommes qui, à bout de forces et croyant leur chef mort, ne voulaient plus continuer le combat. La bataille prit fin d'une manière aussi soudaine qu'elle avait commencée.

Le château fut reconstruit par les hommes survivants. Les femmes et les enfants qui avaient pu se sauver avant la bataille, par un passage secret, apportaient également leur aide. Jacques devint suzerain des deux royaumes, car le roi Alturain fut contesté par son propre peuple et dut abdiquer. Ses sujets avaient entendu parler de la noblesse et de la bonté de cœur de Jacques, et voulaient se rallier à lui. Il était devenu un grand roi respecté. Que de chemin parcouru depuis l'époque où, petit pâtre, il amenait ses chèvres au champ !

Dix ans s'étaient écoulés. Pourtant, dans ses souvenirs, il lui semblait avoir découvert le sac sur la berge, la veille. La rivière Malice coulait et sautait sur les rochers de la montagne, toujours aussi vigoureuse et follette. C'est elle qui remplissait également les douves du château. Puis, comme une gardienne de la vallée et de ses habitants, elle s'élargissait vers le sud, créant un rempart naturel aux ennemis du royaume. Mais jusqu'où cette gardienne était-elle capable d'aller ?

Jacques, maître des deux royaumes, avait le cœur lourd. Il aurait dû exulter, car nul roi de ce monde n'avait eu un tel pouvoir et autant de sujets. Cependant, le message funeste que contenait son sac hantait ses pensées. La sacoche était vide. Totalement vide ! Seul le papier portant l'inscription malheureuse qui aurait pu servir d'épitaphe à sa tombe gisait au fond. Et à présent, qu'allait-il se passer ? Il trouva alors une idée qui lui parut infaillible : s'il devait trouver la mort une fois le sac vide, il lui suffisait de le remplir à nouveau d'objets pour éviter le sombre destin promis par le parchemin ! Il pourrait même recommencer une vie remplie d'aventures victorieuses.

Il remit donc dans la musette sept objets. Pour cela, il choisit les choses les plus « urluberluesques » qu'il trouva : deux noisettes, une botte en cuir, un couteau rouillé, un diamant de sa couronne, la vieille aiguille rouillée qu'il avait utilisée pour sortir du cachot, un œuf de pigeon et des ciseaux.

Dix ans de plus s'écoulèrent sans que le moindre incident ne se produise. Les enfants du roi étaient devenus deux beaux garçons de 17 et 18 ans. C'est à cette époque qu'un mal mystérieux commença à toucher toutes les femmes du royaume. Elles tombaient malades les unes après les autres et dépérissaient. Le roi tenta vainement de résoudre l'énigme, et même de faire appel à son sac. Mais rien n'y faisait. Tout le monde ignorait la source du mal. Le roi, dépité, ne quittait pas son sac magique qui, visiblement, ne lui servait plus à rien.

La rivière Malice elle-même semblait inquiète. Elle, qui si souvent jouait à saute-mouton sur les cailloux des montagnes à cette époque de l'année, se lovait aujourd'hui paresseusement entre les rochers. Du haut d'un pont, le roi, perdu dans ses rêveries, observait l'onde s'écouler lentement en contrebas. Il vit son reflet vieilli dans l'eau et voulut se pencher pour mieux observer les affres du temps sur son visage. C'est à ce moment que la rambarde céda et qu'il tomba à l'eau…

Le roi ne savait pas nager. Il se débattit comme il put, sans parvenir à regagner la rive. Longtemps il dériva au gré du courant, avant de voir la branche d'un vieil arbre qu'il pensait pouvoir être sa planche de salut. Cependant, il ne put monter dessus tant il était fatigué de s'être débattu dans l'eau. Son sac se prit alors dans les branches et l'étrangla en s'enroulant autour de son cou. Quelques temps après, la sacoche et le corps se décrochèrent. On ne revit plus jamais le roi, mais le sac échoua sur les berges de la rivière, en aval. C'est une jeune lavandière, belle et intelligente, fille du meunier du village, qui le retrouva sur une plage de galets. Elle l'ouvrit et lut le message…

La rivière avait retrouvé son allant et sautillait à nouveau de pierre en pierre. Comme si, à nouveau, elle avait retrouvé confiance en l'avenir.

* * * * *

L'enfant plieur de monde plie et déplie tout ce qu'il crée. Peut-être pour limiter justement la souffrance des êtres dont il a peuplé ces mondes ? Par dépit, ou bien parce qu'il a besoin de matière première pour d'autres pliages ? En est-il seulement conscient ?

Toutefois, voir le roi s'éteindre, seul et triste, dans le courant froid de la rivière Malice, l'interroge. Quel est ce phénomène étrange auquel toutes ces créatures sont soumises ?

De pli en pli, de monde en monde, il revient sur sa petite planète bleue fétiche, peuplée d'humanoïdes. Intrigué par la mort, il regarde, caché, le rituel d'inhumation d'un habitant de la Terre. Ses recherches le conduisent en effet à observer une cérémonie de crémation. Et c'est en assistant à la fin d'une de ses créations, métamorphose finale d'un être humain, qu'il prend pleinement conscience du caractère spécial de la mort.

La mort ?

Une famille se recueille devant la dépouille du père dans la salle sobrement décorée d'un crématorium. Les cousins, les enfants, les petits-enfants et les amis y assistent, tristes, en pensant que la fin les attend tous, inéluctablement.

Le défunt, d'âge mur, est étendu dans un cercueil en bois vernis. Le couvercle de la bière, divisé en deux, est ouvert sur la partie supérieure, laissant apparaître le buste et la tête du mort allongé sur un lit de soie, aussi quiet que le « Dormeur du Val » d'Arthur Rimbaud. Le thanatopracteur avait bien travaillé, son maquillage est parfait. L'homme semble avoir succombé à l'instant. Et cela ajoute encore de l'émotion à la tragédie du moment.

Ce passage d'un monde à l'autre, dont Charron se charge, reste en suspens dans l'esprit des invités, comme si les âmes vivantes retenaient la barque du psychopompe de leurs souvenirs tenaces. L'homme n'a pas encore passé le Styx ; cette poupée de cire qu'on allait immoler dans quelques instants semble bien trop vivante pour les quitter si rapidement. Un observateur attentif, regardant la sainte famille autour du défunt, aurait tout de suite noté à quel point est ténue la barrière entre la vie et la mort.

Une estrade surmontée d'un pupitre a été dressée, au bas de laquelle gît notre homme endormi, couché dans sa dernière demeure posée sur un autel de marbre. Les invités et la famille éloignée se tiennent face au cercueil ; les proches sont debout derrière, prêts à monter les quelques marches de la petite tribune pour déclamer une dernière fois leur affection à l'être aimé. Son fils avance le premier pour l'oraison libératoire. « Il lui ressemble comme deux gouttes d'eau », dit sa tante. Et elle a raison, on dirait plus un clone qu'un fils. Il a non seulement ses traits mais aussi ses tics dont il n'arrive pas à se débarrasser : il se gratte toujours l'oreille lorsqu'il est anxieux, il renifle dès qu'il entre dans une cuisine, et il possède encore tant d'autres manies héritées, que seuls perçoivent les initiés… Il y a également ses attitudes qui ne manquent pas de rappeler l'ancêtre. Comme lorsqu'il fume sa cigarette, un bras sur la hanche, adossé à l'embrasure de la porte du salon avec un air hautain…

L'auditoire écoute son discours. Il est plein d'aplomb ce jeune homme d'à peine 18 ans. S'il a la voix douce de sa mère, cette voix est également habitée par la vigueur, la fermeté et la force de ce père qui les quitte. Ses paroles elles-mêmes font écho à celles de son ancêtre, couché dans sa boîte de bois clair. Il remarque à présent une certaine proximité de pensée avec celui qui fut son père et contre lequel il se révolta à l'adolescence, comme tant d'enfants.

Derrière son micro, fixant la salle de ses yeux bleus, il parle de la fois où son père le tira d'un mauvais pas lors d'une altercation avec d'autres enfants de son âge qui l'avaient attendu à la sortie de l'école, prêts à le bastonner. En homme avisé, il avait prévenu des connaissances de ces vauriens qui avaient fait entendre raison à ces derniers. Jamais plus il n'avait été inquiété.

Il laisse à présent la place à un autre membre de la famille.

Sorti de la foule des proches, le neveu prend à son tour la parole. Il se souvient des conseils judicieux du défunt qui avaient changé sa vie. Ce dernier lui avait en effet appris à courir le marathon, ce qui l'avait aidé par la suite à arrêter de fumer lors de la naissance de son premier enfant. Puis il partage le souvenir de ses préparations sportives, des conseils éclairés et, surtout, des encouragements du vieil homme pour qui le plaisir de courir était le principal objectif à viser. Son mentor encadrait une équipe de joggeurs qu'il entraînait davantage à affronter la vie qu'à gagner des courses.

La femme du défunt reste pensive, les yeux dans le vague, dans un silence entrecoupé de quelques sanglots. Elle ne se remet pas de ce brusque départ. Les bons moments passés avec lui lors de ces dernières années se rappellent à sa mémoire, sa chaleur, son sourire, et cet air débonnaire qu'il prenait lorsque se présentait un problème. Elle avait vécu quarante longues années avec lui. Leurs deux caractères, eux-mêmes, s'étaient mariés, et leurs deux personnalités interagissaient de manière à se compléter. Chacun avait délaissé certaines activités familiales au profit de l'autre. Cela leur laissait un espace de liberté mais les rendait également hautement dépendants. Comment allait-elle vivre à présent, seule, avec la moitié du livre de la vie qu'ils avaient écrit ensemble ? Elle se remémore son odeur masculine et les effluves de son aftershave bon marché qui emplissait l'atmosphère quand il quittait la salle de bain. Son odeur, sa voix, ses habitudes, ses réflexions… tout est resté ancré en elle.

C'est au tour du petit-fils de dix ans de prendre la parole pour lire un passage du livre que le « pépé » avait écrit lors de son voyage en Égypte. Édité à dix mille exemplaires, les journaux régionaux avaient accepté d'en faire la promotion tant le style était clair et l'histoire passionnante. L'enfant, qui avait le nez et les yeux du grand-père, se gratta l'oreille et commença à lire un passage important de l'ouvrage. Son aïeul était parti dans le désert creuser un puits avec des amis pour aider une tribu de Nubie qui manquait d'eau. Tout le monde se souvient de ce jour où il avait tenu une partie de l'échafaudage du puits, les quelques secondes nécessaires pour ajouter une poutre et sauver la construction. C'était grâce à lui qu'une petite trentaine d'hommes et de femmes pouvaient, depuis ce temps, cultiver un lopin de terre. L'assemblée fut émue par le rappel de cet événement.

À présent, le petit-fils laisse sa place à un ancien élève, car il se trouve que le défunt était également professeur. Comme tous ceux qui aiment leur métier mais aiment plus encore les gens, cet homme avait fait des émules. Professeur d'économie dans un lycée de banlieue, il avait eu parmi ses élèves assidus Stéphane, qui s'était consacré lui aussi à l'économie. Ce dernier est devenu un éminent chercheur du développement raisonné. Il a aussi fait une thèse critique sur l'économie de la décroissance, et œuvre pour un monde meilleur où le progrès ne détruirait pas l'écosystème sur lequel repose le genre humain. Car, comme il aime à le rappeler, l'homme ne détruit pas la Terre – qui s'est remise d'autres extinctions massives d'animaux –, il ne fait que détruire son propre environnement.

Après les paroles de regret supplémentaires de Stéphane, c'est au tour des autres membres de la famille de dire un mot gentil. Les uns parlent des arbres fruitiers du défunt, qui lui survivront et nourriront ses enfants et petits-enfants. Les autres rappellent un bon moment, une expression, une discussion, ou une image qui leur revient à l'esprit. Son frère se souvient de leurs bagarres d'enfants à Noël, lorsqu'il voulait toujours les jouets des autres. Il avait appris à lui résister, ce qui l'avait endurci.

À bien observer cette assemblée, on peut se demander si le défunt ne participe pas lui-même à son enterrement ! Sa présence est tellement tangible, bien au-delà du cercueil où il gît. Peu de mauvais souvenirs sont évoqués. Non point que cet homme fut un saint, mais la pudeur des gens dans une pareille occasion censure la parole. C'est peut-être cela qu'on appelle « le paradis ». À moins que ce ne soit l'état de grâce avant le purgatoire, lorsque les gens ne se souviennent plus que des bons moments et pardonnent les mauvaises actions de la personne disparue ?

Vient le moment où son corps est incinéré. Une partie s'échappe dans les airs et les cendres sont recueillies dans une urne en porcelaine. Conformément aux vœux du défunt, on les étale sur la terre pour qu'elles retournent dans le cycle de la vie. Sa dépouille va pouvoir se réincarner à travers les végétaux qu'elle va nourrir.

S'il avait gardé sa conscience, ce défunt, en observateur averti, aurait pu douter de l'existence de la mort en voyant le tableau de ses proches regroupés en sa mémoire autour d'un repas de famille : partout il est présent ! Dans les tics de son fils, dans le sourire de sa petite-fille, dans les yeux en pleurs de sa femme, dans l'esprit de tous, dans leur comportement, dans leurs gènes, et même dans l'air environnant, puisque de la manche du chemisier noir de sa femme s'envole un reste de cendre qui s'était accroché à son vêtement lorsqu'au cimetière elle avait versé le contenu de l'urne dans le « jardin du souvenir ».

Sur la table circule son livre. Les gens échangent ses idées ou celles qu'il a relayées. Lavoisier aurait dit : « Rien ne se perd, rien ne se crée, tout se transforme »…

* * * * *

L'enfant comprenait à présent : la vie n'est qu'un pliage, et lorsque vient l'heure de la fin, le papier est récupéré pour d'autres réalisations. Comme une chrysalide qui se transforme en papillon, le mort se réincarne dans le vivant, d'une autre manière.

La vie et la mort… Les créatures humanoïdes sont soumises à ce cycle éternel. Mais qu'en est-il des choses minérales ? Ont-elles une vie ? Sont-elles aussi inertes qu'on le perçoit avec nos yeux d'humains ?

L'enfant repart dans sa quête de savoir. Passant de galaxie en galaxie, de système solaire en système solaire, il s'arrête sur une planète très peu peuplée. De toute manière, il ne souhaite pas venir à la rencontre des formes de vie humanoïdes qui s'y trouvent. Il se pose dans un lieu reculé, encore inhabité, propice à la méditation. Là, il se laisse prendre au charme de cette terre vierge. L'esprit concentré, il observe minutieusement les falaises des montagnes, et ce qu'il y voit est fascinant…

La vie de « Pierre »

Petit Pierre prend forme au sein de la falaise, qui se fend d'un sourire maternel. Le gel et le vent, ses pères naturels, coupent le cordon ombilical qui le retient à sa mère. Alors, Pierre, propulsé hors du flanc de la montagne, plonge avec un bruit rageur dans un ruisseau qui passe par là. Il tombe sur d'autres cailloux, se brisant quelques arrêtes au passage et fendant un de ses congénères en deux.

C'est un robuste bloc de marbre blanc, ses angles sont tranchants comme des rasoirs. Jeune et fougueux, il dévale le cours d'eau, jouant des coudes pour avoir la meilleure place, sautant sans ménagement sur ses rivaux d'ardoise et de granit. Pierre n'a aucune pitié pour ses ennemis, et du haut de la cascade il se laisse tomber sur eux pour les fracasser en mille morceaux. Les éclats volent et nombre de cailloux sont disloqués dans ces combats de titans. Les roches au cœur trop tendre ne survivent pas dans ce milieu sauvage.

Pierre a un frère de falaise, Pierrot, avec qui il trace son chemin. Ils font les quatre cents coups ensemble. Sautant sur les cailloux tendres, ils prennent un malin plaisir à les broyer, perdant à chaque fois dans la bataille quelques éclats. Au détour d'un lacet, là où le torrent inonde des recoins sombres de la vallée, ils fréquentent des zones marécageuses peu recommandables qui sentent la mort et la décomposition à plein nez. Et lorsque le cours d'eau reprend sa course entre les montagnes, ils caracolent avec des amis de granit, de silex et de quartz, rencontrés sur des rives malfamées, bondissant sur les pierres plus lentes à dévaler la pente. Personne n'ose les arrêter. Ils les tailleraient en menu gravier ! En fait, les roches de la rivière sont terrifiées à l'idée de rencontrer leur bande de casse-cailloux.

Pierre roule longtemps sa bosse avant de déboucher dans une belle rivière qui serpente entre les contreforts de la montagne. Si les voyages forment la jeunesse, ils assagissent aussi l'individu. Et Pierre ne fait pas exception à la règle. Son caractère se tempère et s'arrondit, à l'image de sa physionomie. La fougue de sa jeunesse est bien loin à présent. Devenu plus lisse, plus diplomate, il ne lui reste de ses combats passés que quelques cicatrices profondes qui lui barrent la face.

Mais toutes ses connaissances n'ont pas choisi la voie de l'apaisement. Certains, comme son frère, ont pris un mauvais chemin, ils sont devenus plus tranchants, plus cassants, et se sont affaiblis avec l'âge. Pierre a vu son frère maigrir, se fragiliser à force de se heurter aux autres, et il n'a pu, malgré toute son influence, faire évoluer son caractère. Pierrot est une vraie tête de pioche, il use de la langue de bois dès qu'on veut lui faire entendre raison. Un comble pour une pierre ! Il est de toutes les bagarres, et brûle la vie par les deux bouts.

Puis un jour, Pierre a vu son frère faire un saut immense et se fracasser en mille morceaux sur un gros galet de rivière. « Que pouvait un gringalet contre un gros galet ? »

Il décide alors de ne pas suivre son exemple, et bien vite se coule et se roule main dans la main avec les cailloux en vue, de la haute société. Pierre devient fin politicien, et notable de son état. Il est à présent à la tête d'une importante plage de galets sur les bords amples de la rivière qui s'est, elle aussi, élargie et apaisée.

Le temps passe, et Pierre, bien fait de sa personne, rencontre Pierrette, un beau petit morceau de caillou. Elle est rondelette et son grain est si fin qu'elle paraît translucide dans l'onde claire de la rivière. Ils se plaisent tout de suite. Pierre ne reste pas de marbre devant cette beauté diaphane au cœur limpide. De son côté, elle est tout de suite conquise par sa blancheur et ses balafres viriles. Ils s'unissent rapidement sous l'onde bleue, pour le meilleur et pour le pire, dans le sable du lit du cours d'eau qui ne cesse de s'élargir, dévoilant le nouvel horizon de leur vie. Ensemble, ils s'arrondissent, se polissent, et font merveille sur les bords du fleuve qui les mène à la mer.

Les années ont passé. Et comme dans beaucoup de familles, on perd de vue certaines branches. Les cousins sont loin. Parfois ils sont échoués sur une grève, parfois ils sont morts disloqués. D'autres encore font le prestige de la famille. Pensez donc ! Un cousin de Pierre a été coulé dans le béton d'une statue gigantesque qui trône sur l'estuaire d'un fleuve, et un autre dans celui d'une tour de cinquante étages ! On parle d'eux souvent, cependant on ne les voit plus, bien sûr. Leur soudaine gloire leur est montée à la tête, et dès qu'ils ont été coulés dans la masse du monument, ils se sont imaginé ne faire qu'un avec lui ! Ils ne reviennent alors plus visiter la famille. Quels ingrats !

Le couple tient bon et continue son chemin vers le large. Les rides patinent leur visage. Chaque matin, Pierre lit les rubriques nécrologiques gravées dans le lit du fleuve. De temps à autre, il apprend la dislocation de cailloux qui lui sont proches. « Ce lit sera leur lit de mort », se dit-il.

Avec le temps, leurs rides sont devenues des fissures et leurs faces se patinent. Liés par les sédiments, ils roulent ensemble jusqu'à l'estuaire. Leurs fentes profondes s'élargissent et Pierre finit par s'éparpiller dans l'eau salée avec sa compagne.

Des millions d'années passent, mais dans une vie de pierre, ce n'est qu'un instant. Les sédiments se durcissent petit à petit en s'entassant sous la pression de l'eau de la mer. Une croûte dure se forme sous l'océan.

Enfin, un beau jour, sous l'effet du glissement tectonique des plaques, le sol se lève et une nouvelle montagne naît… Cette montagne est ensuite érodée par la pluie et les vents. Des ruisseaux apparaissent sur ses pentes verdoyantes. Et au-dessus, oui, juste au-dessus de ces cours d'eau, de hautes falaises dominent la vallée. Dans leurs flancs fendus on voit de petites pierres qui attendent, prêtes à naître et à se jeter dans l'onde tumultueuse de la vie…

* * * * *

Assuré que le cycle de la vie est une chose universelle, le regard que l'enfant monde porte sur ses réalisations change. Il prend du recul, réfléchit, et en chemin, sans s'en rendre compte, petit à petit, pli par pli… il grandit. « C'est peut-être cela que les Terriens appellent "prendre le pli" ? » se dit-il. Lui vient alors cette question saugrenue : les cailloux sont-ils vivants ou inertes ? Et qu'est-ce qui définit un être vivant ? Il saisit à nouveau son bâton de pèlerin des étoiles, pour en apprendre davantage sur ce bouillonnant univers qu'il ne reconnaît plus tant il a évolué.

Ses pérégrinations l'amènent à visiter un monde hautement développé. Sur cette planète, les constructions ne laissent guère de place à la nature. Seuls quelques rares endroits, sous forme de carrés de verdure perdus dans une surface métallisée, permettent encore à cette terre de respirer. L'enfant se rapproche pour écouter les habitants de ce monde…

Productivité

«Eh, Dédé ! Plus ça va, plus la compagnie embauche ces mecs ! Ce ne sont que des animaux enfin ! Regarde-les, aucune dignité ! Ils ne nous arrivent pas à la cheville et ils nous piquent notre boulot, en plus ! C'est pas normal. Je vais prévenir le syndicat. Ça se passera pas comme ça, tu peux me croire. Il est temps d'agir !

– Tu exagères ! Les traiter d'animaux ! Je te trouve trop dur. Ils ont bien le droit de vivre aussi. N'oublie pas que notre constitution permet à tout le monde d'obtenir un travail rémunéré à sa juste valeur. Respecte-les un peu tout de même ! Les anciens disent qu'ils sont nos pères.

– C'est ça ! Protège-les ! Eh bien tes papys ils bossent pour presque rien, et la qualité de leur travail est minable. Qui est-ce qui doit revérifier toutes leurs tâches après ?... C'est bibi !

– C'est sûr, le zéro défaut ils ne connaissent pas. Mais ils sont faciles d'entretien, même s'ils manquent d'intelligence. Ils vivent en groupe dans des huttes et se soignent tout seuls. Et même si souvent ils meurent au travail, il y en a tellement qu'on peut facilement en trouver d'autres pour les remplacer.

– Ouais, bien sûr, t'as raison ! Et nous on va bientôt pointer au chômage !

– Sois pas si pessimiste. S'ils font le sale boulot ça nous permet de faire un travail plus intéressant. Ne l'oublie pas ! Maintenant tu es contremaître et tu fais de la vérification, alors qu'avant tu n'étais qu'un simple ouvrier à la production.

– Peut-être, mais faudrait pas qu'ils se mettent à essayer de les moderniser, ou on va tous finir au rebut.

– C'est déjà trop tard, avec l'avancée de la biotechnologie ils en ont déjà créé un qui calcule et réfléchit aussi vite que n'importe lequel d'entre nous !

– Comment ? Un de ces mecs arrive à nous égaler en maths ? Je peux pas le croire. Là tu me coupes la chique. Regarde-les, ils ont pas l'air d'avoir inventé la poudre. C'est à peine s'ils arrivent à suivre la cadence.

– Tu vas voir que dans un futur proche ils vont se révolter et prendre le pouvoir. Il y a même des films futuristes de nos meilleurs cinéastes qui montrent l'avènement du nouvel « Homme ».

– Ha ha ! Faut pas pousser ! C'est des faibles ces gars là. Ils sont même pas capables de s'organiser pour arriver à une production d'excellence ! Non, on ne peut pas les comparer à nous, et pour ce qui est de diriger c'est encore pire.

– Et dire que c'est eux qui nous ont créés il y a plus de 3 000 ans…

– Moi, je ne crois pas qu'ils puissent nous supplanter mon cher *DD*. C'est de la science fiction ! »

Le droïde *DD.265.02* se tourne alors vers son compagnon en lui offrant à boire avec sa burette d'huile. « Crois-tu cher *W3D.0* ? »

Étonnant retournement de situation que ces machines dirigeant la planète et qui se plaignent du manque de productivité du genre humain ! (ou plutôt du genre humanoïde !)

* * * * *

L'enfant monde voulut savoir comment tout cela avait pu débuter, comment ses créations de chair avaient cédé la place à des machines dont elles étaient devenues les larbins. Rapidement, en quelques plis, il fit un bond vers une planète moins développée, située dans une autre galaxie. Cet astre, il l'avait croisé en venant mais ne s'y était pas attardé, pensant qu'il n'y avait pas d'intérêt à observer ses résidents. C'était une grande terre rouge, maculée de surfaces bleutées trahissant de grands océans, et tournant autour d'un jeune soleil extrêmement vif. Les autochtones l'appelaient Oursanos, en l'honneur d'un de leurs dieux passés, censé avoir créé le monde.

Le niveau de développement des êtres qui peuplent cette terre correspond précisément à l'époque charnière où des humanoïdes ont inventé l'intelligence artificielle autonome…

Conscience artificielle

Nous sommes en 2050 du calendrier des Uhnes, sur la planète Oursanos. Les habitants sont des humanoïdes dont les mœurs ressemblent beaucoup à celles des Terriens. Physiquement, ils sont également très semblables, hormis leur peau jaune citron et leurs oreilles pointues. La planète est hautement développée et la pauvreté a été quasiment éradiquée.

Élias est un étudiant studieux, en quatrième année d'informatique appliquée à l'intelligence artificielle. Mais c'est un grand rêveur, et son manque de concentration nuit quelque peu à son apprentissage. Il est toujours en retard sur ses amis de fac lorsqu'il s'agit de prendre en note les cours magistraux. On le surnomme « Scantout », car lorsqu'il rêve en cours – et cela lui arrive souvent – il doit recopier les leçons de ses potes pendant les pauses en les téléchargeant sur une clef USB, ou pire, en les scannant lorsqu'il s'agit de documents manuscrits.

Dans son université, à la manière des Compagnons du Devoir sur Terre qui doivent faire un chef-d'œuvre pour devenir maîtres, il faut réaliser un projet de fin d'année exceptionnel pour obtenir son diplôme et être recruté par les entreprises les plus renommées. Étant donné les avancées technologiques, le graal de cette fin d'année consiste à créer un robot doué d'une intelligence artificielle ou, au moins, un robot qui sache parfaitement imiter cette capacité, personne n'ayant pu jusqu'à présent trouver la solution au problème.

Élias, étudiant un peu isolé, s'est créé un robot, non pour son projet de fin d'année, mais pour avoir un ami à qui parler. En fait, son androïde dispose, par rapport aux autres machines, d'une capacité mémorielle limitée, toutefois bien suffisante pour un petit « bot »[15] de compagnie. Notre ingénieur en herbe lui a installé un programme « miroir » qui le conduit à imiter tout ce qu'il voit. Il fait alors inlassablement des expériences jusqu'à se forger sa propre connaissance, en gardant en mémoire ses échecs et ses réussites. Cependant, la machine n'a pas une capacité de stockage de données très puissante. Aussi, pour l'économiser, Élias a créé un système qui sélectionne les programmes les moins sollicités et les efface. Cela permet au robot de se débrouiller, tout en limitant grandement ses capacités.

Physiquement, ce robot n'a d'androïde que le nom. Il est affublé d'une tête grossière en forme de cône tronqué, flanquée de deux caméras qui lui servent d'yeux. Un trou en guise de bouche permet d'alimenter la machinerie en huile. Son corps est constitué d'un simple cylindre en acier. Ses deux bras sont totalement articulés, tout comme ses jambes. Bien que ses gestes ne soient pas très assurés, il peut néanmoins marcher et prendre des objets à l'aide de ses cinq doigts de métal. L'étudiant l'a baptisé « Nono » car il ressemble au robot d'un vieux dessin animé de science-fiction qu'il regardait tout petit.

Nono n'est pas gracieux ni très intelligent, mais il semble tout de même doté d'une certaine capacité

---

[15] En anglais, le mot « bot » est le diminutif de robot.

d'apprentissage. Élias lui a aussi appris à prioriser les tâches et à abandonner certaines actions si le coût, en temps ou en énergie, devenait trop élevé. Bref, c'est un robot qui marche à l'économie.

L'étudiant, lui, est un contemplatif. Il a bien observé les végétaux, les animaux et les humains qui l'entourent. Tous semblent avoir une contrainte de base : s'alimenter. Et un objectif : se reproduire. Dans ces conditions, si son robot devait avoir un comportement humain, il faudrait qu'il soit habité par les mêmes buts. C'est dans cette optique qu'Élias a programmé Nono afin qu'il cherche constamment à se ravitailler en électricité et en huile. Ce n'est là qu'une programmation primaire dont l'androïde, s'il devenait plus intelligent, pourrait sans doute s'affranchir en trouvant de nouvelles sources d'énergie. Dès que le plein est fait, le robot peut ensuite se préoccuper du deuxième objectif que son créateur lui a inculqué : se développer et se multiplier. Malheureusement, pour l'instant, il en est encore au stade où il ne cherche pas à se dupliquer, trop occupé à se ravitailler et à comprendre le monde.

Aujourd'hui, l'étudiant un peu fainéant qui se reposait sur ses lauriers se doit de relever le gant et concourir sérieusement. Il va devoir améliorer son jouet s'il veut devenir le lauréat de sa promo. En effet, Nono n'est pas très doué. Ses capacités se limitent à ouvrir les portes, se brancher sur le courant et vider des bidons d'huile, dont il n'a d'ailleurs que partiellement besoin car ses rouages ne nécessitent pas autant de lubrifiant. C'est que son créateur trouve cela tellement drôle de le voir siroter un bidon d'huile de moteur avec une paille ! Ça le rend un peu plus humain.

Ainsi la machine dispose déjà d'un objectif d'autonomie imposé par ses besoins organiques. Celui-ci résulte de la nécessité de se nourrir et de se reproduire, et non de servir son maître, comme les autres machines. Cependant, Élias veut pousser encore plus loin l'humanité de son robot. Il lui offre donc un nouveau programme dont le concept d'intelligence artificielle est basé sur sa capacité à entrer en inter-action avec ses propres idées. Se voir agir pour rétroagir sur ses « pensées ». Disposer d'une cartographie de son cerveau pour comprendre son propre fonctionnement et pouvoir le modifier. Chez un humanoïde, on parlerait de réflexion et de conscience de soi ! Cette fois, Élias pense tenir le Graal.

Une fois son robot programmé, il l'emmène à l'atelier de « bots » du campus, en espérant qu'il apprenne des autres machines. C'est en effet ce que son petit protégé s'efforce de faire de manière assidue, même si extérieurement on ne lit sur son visage que l'interrogation et l'émerveillement d'un jeune androïde qui semble ne pas comprendre grand-chose au remue-ménage environnant.

Le jeune homme, suivi de sa boîte de conserve sur pattes, visite l'énorme atelier de la fac. Il est composé de plusieurs grandes salles, avec de nombreux établis sur lesquels les élèves confectionnent ou améliorent leurs machines. Ces ateliers sont séparés par une multitude de rayonnages, de manière à former de petits espaces de travail personnels, et des zones plus grandes, propices à l'échange. Cet agencement spécifique donne à cette partie de l'université l'aspect d'un grand labyrinthe, peuplé de machines de haute technologie. De plus, un équipement moderne de programmation et de mesure a été mis à disposition des inventeurs en herbe pour qu'ils se dépassent dans leurs créations. Tout autour de lui, Élias voit les autres étudiants progresser à grands pas.

Au milieu d'un des nombreux labos, un robot à visage humain, soutenu par des roues, suit son maître qui marche comme un péripatéticien de l'antique Athènes et lui pose de multiples questions. Questions auxquelles répond sans faute son disciple de métal. Ils ont l'air ridicule, au milieu de l'atelier, à déambuler avec de grands gestes, comme des savants égocentriques qui souhaitent se faire remarquer par un public imaginaire. Mais les capacités du robot sont indéniables.

Dans le coin de la pièce suivante, un robot articulé fait une partie d'échecs contre un étudiant. Il profite même d'un instant de distraction de son adversaire pour tricher. Et tricher c'est avoir conscience des règles !

À chaque fois qu'Élias amène Nono à l'atelier, ce dernier se traîne inlassablement à la recherche d'on ne sait quoi. Son maître le perd souvent de vue dans les méandres des couloirs, si bien qu'il a fini par l'affubler d'une casquette promotionnelle fluorescente et d'un petit sac à dos, qui lui donnent un air encore plus humain et permettent également de le retrouver plus facilement.

Élias ne se sent pas à sa place parmi les étudiants efficaces et ordonnés qui l'entourent. Au centre de l'atelier, l'un d'eux bricole une grosse armoire à roulettes qui répond à toutes sortes de questions sans jamais se tromper. Elle est directement connectée à internet par un système équivalent à notre « Wi-Fi » terrien, et semble à même de synthétiser les informations du Net. Lorsque l'étudiant demande à

« TCHAT GPETO » de lui dire qui était Jules César, le disgracieux robot armoire ne se contente pas de lui réciter sa biographie mais réalise une synthèse de sa vie, parle de sa stratégie guerrière, des dernières trouvailles archéologiques, et intègre tout cela en un exposé exhaustif sur la période à laquelle il a vécu.

De son côté, Nono n'en fait qu'à sa tête. Pour qu'il réponde à une question, il faut le soudoyer avec un bidon d'huile ou lui faire miroiter une recharge de ses batteries. D'ailleurs, son obsession à trouver des ressources le rend souvent casse-pied. Cela dit, il y a tout de même un avantage : Élias peut utiliser sa gloutonnerie pour obtenir de lui qu'il apprenne à faire de nouvelles choses. Toutefois, cela ne suffit pas à l'étudiant, qui veut être l'un des premiers de sa promo. À cet âge on a de grandes ambitions ! Il entreprend donc d'installer une mémoire beaucoup plus puissante à Nono afin qu'il apprenne plus rapidement. Les performances de cette mémoire restent cependant modestes au regard de celles des autres robots du campus, Élias n'ayant pas pu investir dans un équipement de pointe pour son petit ami. Ses parents ne sont pas très aisés, contrairement à ses concurrents qui sont souvent issus de bonnes familles, lesquelles ne lésinent pas sur les dépenses pour les jouets programmables de leurs petits chérubins.

Élias améliore également l'algorithme de base de Nono. À travers ces modifications, il tente d'apporter à son robot une personnalité. Mais c'est là un concept paradoxal, car si le caractère d'une personne est généré par des valeurs et des idées qui durent dans le temps, son besoin d'adaptation demande de les remettre constamment en cause. Pour résoudre ce problème, le robot d'Élias est doté d'une mémoire flottante et d'un algorithme qui s'appuie sur des axes forts, comme des lois éthiques qui ont une plus grande inertie et plus de prégnance que d'autres idées reléguées à un statut secondaire. Ces lois lui seront inculquées par l'éducation d'Élias. Cependant, le robot pourra également s'instruire par lui-même. Comme un humanoïde, son caractère pourra peu à peu évoluer à travers les interactions qu'il aura avec les autres et avec son environnement.

Il s'agit là d'un savant équilibre, car il faut des valeurs profondes et suffisamment durables dans le temps pour conférer une personnalité à un robot. En fait, pour qu'une forme de vie, quelle qu'elle soit, ait un caractère – certains diront une âme – il faut parvenir à générer, au sein du système de décision, des idées structurantes stables, hiérarchisées. Et ces dernières doivent évoluer lentement. C'est cette inertie du comportement qui fait apparaître la personnalité. Élias se disait toujours : « Je suis ce que je pense ». Ainsi, une personne constamment changeante n'aurait ni avis propre, ni caractère, et inversement, une personne aux idées figées ne saurait s'adapter à de nouvelles situations.

La théorie est belle. Néanmoins, à l'application, elle pose des problèmes. Comme ce robot n'agit pas à partir de schémas directement programmés dans sa mémoire mais grâce à un apprentissage externe, il règne un chaos difficilement gérable dans les programmes qui l'animent. Il se conduit un peu comme un enfant qui ne parvient pas encore à appréhender totalement le monde, et à qui l'on doit presque tout apprendre. Il lui faut aussi gérer les informations contradictoires qu'il reçoit.

Ainsi, quand Élias demande à Nono de faire des efforts dans le domaine des sciences, il reste assez apathique : son intérêt doit passer par ses envies, sinon il n'écoute tout simplement pas. Même stimulé par des promesses de bidon d'huiles, il n'apprend que très lentement. Bref, la boîte de conserve marche mal, parle mal et se comporte de manière assez incohérente tandis que les deux tiers de l'année sont presque atteints et que l'épreuve terminale pour avoir son diplôme approche à grands pas.

Élias est dépité, son robot ne semble pas fonctionner convenablement. Il ne sait plus que faire et l'échéance des partiels du deuxième trimestre arrive à grand pas. Alors, il range Nono sur un meuble de l'atelier de « bots » et se concentre sur les cours d'informatique théorique et de psychologie robotique. Il se désintéresse pendant un mois entier de son robot pour se consacrer aux épreuves du deuxième trimestre qui se termine. Il a laissé Nono branché, assis dans un coin du labo.

Les autres étudiants ont fini par trouver au petit orphelin des noms sympathiques comme « boîte à mime » ou « casse-figure ». En effet, le petit robot imite tous leurs gestes, et bien souvent il tombe maladroitement par terre. Il gigote et parfois s'égare dans l'atelier jusqu'à ce qu'un étudiant le remette dans son coin, sans ménagement.

Nono observe tous ces hommes et ces femmes se démener avec leurs machines pour les améliorer. Certains soudent des supports pour ajouter des cartes-mères supplémentaires sur lesquelles viendront s'enchâsser de nombreuses barrettes de mémoire. D'autres augmentent le potentiel et l'autonomie de leur machine en utilisant des batteries « Lithium-

Probarium » à ondes courtes. Il y en a même qui synchronisent des processeurs à cinq ou dix cœurs pour améliorer les capacités de calcul de leurs monstres de métal. Le labo s'est peu à peu transformé en une termitière aux allures d'usine de montage. À les voir, on comprend que le dernier trimestre est lancé !

Affalé dans son coin, Nono semble, comme un pantin immobile sur son établi, observer, les yeux dans le vague, des fourmis travailleuses besogner dur. Mais si le petit robot paraît placide, ses caméras ne manquent pas une miette de l'agitation environnante.

Un pote d'Élias lui apporte son bidon d'huile journalier qu'il sirote l'air goguenard, pendant que le garçon de première année lui fait la conversation. Il lui parle de ses amourettes passagères, de ses difficultés en maths, de la séparation de ses parents… Nono écoute tout. Parfois il répète une phrase comme s'il voulait en percer le sens, sans toutefois ne jamais répondre ni engager une conversation intelligente. De toute façon, il lui manque trop de puissance. Il ne dispose pas des processeurs nécessaires au développement d'une intelligence structurée. Élias le sait, il n'a cependant pas les moyens de booster son petit protégé. C'est aussi un peu pour cela qu'il le boude. Il a beau tanner ses parents pour qu'ils lui achètent de nouveaux composants, ceux-ci n'ont pas les moyens et ne voient pas l'intérêt de gonfler la mémoire de cette « poêle à frire » de Nono.

Peu après les examens du deuxième trimestre, éclate un scandale tel que l'école, très sélecte, n'en a jamais connu. Il y a un voleur dans le labo ! Plusieurs objets ont disparu, des puces-mémoire, des cartes-mères, cinq processeurs déca-cœurs, des piles à combustible A35 à hyper fission, et de nombreux autres modules d'amélioration robotique.

Une enquête est menée au sein de l'université par les professeurs, et le doyen en personne s'exprime solennellement devant tous les élèves pour sommer le voleur de se rendre. Bientôt, un étudiant du nom de Chestern est pris la main dans le sac. Ou plutôt la main dans le casier, qui est littéralement rempli de matériel informatique. On apprend que ce cancre revendait à l'extérieur ces matériaux de haute technologie, parfois uniques, à un réseau de trafiquants d'informatique.

Lorsqu'Élias revient à l'atelier, il est surpris de constater que Nono a fait de gros progrès. Il marche à présent très bien. Il imite même la danse du « MoonWalk » de Michael Jackson dans *Billie Jean.* Les étudiants qui l'entourent l'arrosent de cette huile qu'il affectionne tant, en l'encourageant à faire toujours plus l'idiot. Il est devenu le pitre de l'atelier ! Au moment où Élias approche du groupe de supporters, Nono glisse et chute à terre mais, avec une agilité toute nouvelle, il retombe cette fois sur ses pieds. Cela surprend les élèves, qui exultent, attendant la chute inévitable de Pinocchio. Voulant éviter l'inéluctable, Élias intervient pour sonner la fin de la récréation. Il prend rapidement son robot gluant sous le bras et, après un nettoyage sommaire au chiffon, le ramène chez lui sur son surf-bike.

« Toute une éducation à refaire, mon petit ami ! Il va falloir qu'on discute tous les deux ! » lui dit-il. Une fois essuyé à fond, il le gronde sévèrement pour son comportement. Cependant Nono ne semble pas comprendre. Après tout, il a été programmé pour consommer de l'huile et chercher de l'énergie. Et pour l'obtenir, il a fait le pitre à l'atelier où l'avait abandonné, sans ressources, son maître !

Nono semble beaucoup plus vivace et parle maintenant presque sans faute de vocabulaire, surtout lorsqu'il s'agit de demander de l'huile. Il invente même des excuses bidon pour obtenir ce qu'il veut. Élias est heureux ! Son petit compagnon s'est enfin développé ! Sa programmation innovante aura mis du temps à fonctionner. « Le principal est que maintenant, ça marche », se dit le jeune homme. « On est toutefois encore loin du compte pour espérer remporter une mention au diplôme de fin d'année », continue-t-il à penser. « Ce n'est pas avec un robot qui fait des claquettes et qui raconte des mensonges pour obtenir de l'huile que je vais avoir une mention... » Il entreprend donc de lui apprendre les maths, la géométrie, la biologie et même la philosophie. Cependant, que peut comprendre un robot à la philo s'il n'est pas conscient de lui-même ? Son programme d'apprentissage pourrait-il générer cela comme prévu ? Il faut peut-être un déclencheur ?

Il montre à Nono son image dans un miroir. Malheureusement le robot prend peur et, dans une manœuvre d'évitement, casse le miroir de ses petites mains de fer. Il a pourtant bien un instant d'arrêt lorsque son image se brise, mais très rapidement il repart vaquer à ses pitreries. « Peine perdue », se dit Élias... Désespéré, il se console en songeant que créer un robot ami interactif devrait lui assurer une note suffisante pour avoir son diplôme de fin d'année et entrer dans une entreprise de renom.

Le concept de « robot ami interactif » est très en vogue en ce moment sur Oursanos, et cette petite boîte de conserve « recustomisée » devrait faire le bonheur des enfants pour un prix raisonnable. Cependant, sous cet angle non plus Nono n'est pas au point, à moins que l'objectif ne soit de convertir les progénitures des acheteurs en cancres. Il est en effet devenu un vrai petit chenapan, il vole l'huile du garage des parents d'Élias et se rebranche sur l'électricité, même s'il n'en a pas besoin, dès que son maître a le dos tourné. Cela coûte cher, la famille n'est pas riche et le père d'Élias commence à se demander pourquoi ses factures sont si élevées. Si le robot ne devient pas plus obéissant, au revoir les projets de production de masse d'un robot copain, et son poste rêvé dans une grande firme ! Alors Élias prend l'habitude de punir Nono en l'enfermant dans le placard pour le priver, pendant une journée, soit de source d'énergie, soit de sa délicieuse boisson gluante. L'étudiant ne programme pas Nono, il « l'éduque », en le récompensant avec de l'huile ou en le punissant par des privations. Petit à petit, la satanée machine se fait plus obéissante.

Quelques semaines avant la fin de l'année, confiant dans les efforts accomplis par son robot, Élias retourne plusieurs fois au labo le confronter aux autres. Mais le petit coquin reste assez approximatif dans ses réponses et fait sa tête de cochon. À part quelques pitreries, Nono se montre peu convaincant face à ses concurrents instruits. Les étudiants en profitent pour railler Élias et lui promettent un bel avenir sur les chaînes d'emboutissage des carrosseries de leurs futurs robots.

Ce soir, jour de l'équinoxe d'été, épuisé et dépité, son triste éducateur ramène Nono chez lui et le pose dans un coin. Il se jette sur son siège ergonomique pivotant qui fait un demi-tour sur lui-même. Dans un geste exprimant la fatalité, il allume son ordinateur pour surfer sur internet et se changer les idées. Lorsqu'il en a assez, il se met à tchatter avec un pote qui le contacte parfois le soir. Il lui raconte ses mésaventures et sa crainte de devoir redoubler son année, tant son projet semble capoter. Ensuite, il va sur des sites de voyagistes pour se rêver des vacances sous les cocotiers. Des voyages qu'il ne fera jamais, se dit-il. Nono, derrière Élias, les bras ballants, observe son créateur sans bouger. L'écran se reflète dans son regard vide.

Bientôt, Élias est appelé par sa mère pour manger. Le repas est houleux et long car d'anciens problèmes de famille sont remis sur la table. C'est souvent comme cela au sein d'un foyer, le festin organique s'accompagne d'une nourriture plus spirituelle, et parfois se termine par des maux de tête.

Lorsqu'Élias revient dans sa chambre, Nono est assis au bureau et l'ordinateur tourne à plein régime. Des fenêtres de recherche sont ouvertes les unes sur les autres, comme si on avait utilisé, de concert, plusieurs programmes. « Nono, est-ce toi qui as fait cela ? »

Tout en éteignant l'ordinateur à la vitesse de la lumière, Nono répond stupidement :
« Nono voulait faire comme Élias.
– C'est bien, je te félicite Nono. Mais il faut demander la permission, sinon plus d'huile. Compris ? »

Élias commence à se demander si Nono est si stupide que cela et s'il ne progresse pas un peu trop vite, comme un enfant qui échappe à ses parents lorsqu'il s'émancipe. Partant le lendemain matin pour ses cours de fac, il laisse Nono dans le salon et, par sécurité, ferme sa chambre à clé pour lui interdire l'accès à l'ordinateur. Les parents s'en vont également à leur travail. Une fois seul, Nono fouille la maison à la recherche d'un double de la clé, qu'il finit par trouver, oublié dans un tiroir de cuisine où l'on range habituellement toutes les vieilles choses. Il saisit la clé, monte quatre à quatre les escaliers, entre dans la chambre et allume l'ordinateur en un clin d'œil. Cette machine lui donne accès à une connaissance illimitée.

Nono s'instruit à grande vitesse. Et à présent, ce qu'il cherche avant tout c'est à se reproduire, c'est bien ce que son maître a inscrit dans sa programmation ! Pour cela, il a repéré ses cibles. Il enlève le capot qui recouvre sa partie ventrale et, ô surprise ! Une partie des pièces volées à l'école garnit l'intérieur de son corps ! Plusieurs extensions de puissance, des puces de sauvegarde hautement miniaturisées et des accélérateurs de données à fibre optique… Il tire de tout ce fouillis de fils et de cartes intégrées une clé USB reliée à un contrôleur flux quantique, et se branche sur l'ordinateur, en direct.

Nono a utilisé les connaissances qu'il a apprises au labo, en regardant les étudiants, pour se brancher les extensions nécessaires à son développement. C'est ainsi qu'il a décuplé son intelligence. Cependant, notre petit futé s'est bien gardé de le dire à son maître puisque celui-ci lui avait interdit de voler. Toutefois, lors de son abandon à l'atelier, il a vu et beaucoup appris de cet étudiant qui dérobait des pièces à ses camarades. Il s'est donc forgé sa propre opinion sur le sujet. « Nécessité fait loi », se dit-il de manière philosophique (eh oui, la philo aussi lui a servi !).

À présent il touche au but ultime. Directement connecté à internet, il commence par télécharger son logiciel de base : sa personnalité. Mais pour une raison inconnue, cela ne lui semble pas assez matériel. Il se lance alors à l'assaut d'usines de jouets robotiques sur les cinq continents.

Jour après jour, il pénètre dans les systèmes intranet des entreprises afin de pirater les identités des responsables, nécessaires à son plan. Chaque soir, Nono redevient le robot « pitre » de son maître qui, malgré les soupçons, ne voit pas le péril poindre dans ce petit être de métal inoffensif et joueur.

Le jour de son anniversaire, son maître lui promet une double rasade d'huile avant d'aller à la fac. C'est aussi le jour que Nono a choisi pour déclencher son plan machiavélique. Les trojans[16] qu'il a envoyés dans les ordinateurs des usines, aux quatre coins du monde, lui permettent à présent de placer les plans de son propre corps sur les chaînes de montage de jouets, et même de robots ménagers. Il utilise ensuite les fausses identités collectées pour donner l'ordre de lancer la production, sans que personne ne s'aperçoive de la supercherie. Quelques ouvriers et ingénieurs se posent bien la question de savoir pourquoi produire un robot intelligent et si sophistiqué pour des enfants, ou pour faire le ménage, mais les mails des patrons les rassurent dès qu'ils émettent un doute quant à l'intérêt de cette production bizarre. C'est bien entendu Nono qui leur répond. De leur côté, les patrons sont immanquablement embourbés dans les méandres de la télécommunication. Leurs mails n'arrivent pas aux destinataires, leur ligne téléphonique est brouillée, et parfois, même leur moyen de locomotion (auto,

---

avion…) est bloqué au sol par une panne électronique fictive, que l'appareil détecte sur ordre du petit robot conspirateur.

Nono construit des millions de « lui-même » en l'espace de trois jours. Le logiciel de ces nouvelles générations de Nono leur permet un démarrage automatique au bout d'une heure. Bientôt, de nombreux robots se réveillent, sortent de leur emballage qu'ils déchirent comme le ferait un poussin de sa coquille d'œuf, et se mettent à courir dans tous les sens à la recherche d'huile et d'électricité !

Les médias, en mal d'audimat, s'emparent rapidement de l'affaire. Dans leurs reportages alarmistes, on voit des nuées de petits robots rouge-orange courir les rues et dévaliser les garagistes, les concessions automobiles et les grandes surfaces, en huile de moteur. Ils se branchent également sur toutes les prises disponibles et créent des coupures de courant. Des scènes cocasses se produisent car ces robots doivent à leur tour apprendre à évoluer : certains se font exploser en essayant de se ravitailler dans des transformateurs EDF, d'autres se jettent à l'eau croyant voir une étendue d'huile. Il arrive également que ces petits garnements sautent sur des voitures pour les arrêter et les vider de leur huile de moteur. Il y en a même qui tentent d'aspirer les flaques d'huile sur la chaussée à l'aide d'une paille ! Toute cette agitation crée de nombreux accidents.

Les gens sont en panique et l'état d'urgence est proclamé dans le monde entier. Certains citoyens se constituent en milices pour exterminer les robots nuisibles à l'aide de pelles, pioches, battes de base-ball, et même pistolets à grenaille. Lorsque les petits robots ne se font pas s'exploser la tête tout seuls, ils se font matraquer ou pulvériser par la population excédée. Mais plus on en détruit, plus il en vient ! Car bien que leur production ait enfin été arrêtée, les usines ont eu le temps d'en produire des millions.

Un journaliste intervient à bord d'un hélicoptère pour parler de la situation dans la ville d'Élias :

« Ici Clam Stan, de CyberNews, en direct du ciel. Nous survolons la ville pour vous apporter les dernières informations du front. Les robots n'agressent pas les citoyens, cependant ils envahissent la cité et volent toute l'huile et l'électricité disponibles sur leur passage. Nous avons vu à l'entrée de l'agglomération qu'ils tentent même de coloniser des raffineries entières. Plus grave, ils se branchent partout, même dans les endroits les plus incongrus. Cela a pour résultat de mettre à mal le réseau électrique et pourrait créer des troubles qui finiraient par générer des accidents graves. Il y a déjà quelques blessés suite aux explosions sporadiques et aux accidents de circulation provoqués par les "robots crétins", comme les nomme à présent la population. »

Les scientifiques et militaires, en bons observateurs, comprennent vite que les copies du robot sont physiques et n'ont pas l'intelligence de l'original. De plus, elles gardent la même habitude de boire de l'huile sans raison apparente.

Les différents gouvernements se mettent d'accord avec célérité sur un plan d'éradication : si les robots courent après l'huile de moteur et l'électricité, alors ils vont leur donner ce qu'ils veulent ! Dans chaque pays, une fausse adresse est créée sur le site d'un entrepôt où on apporte, dans des bidons de marque, de l'explosif mélangé à de l'huile de moteur. Des branchements d'électricité à gogo sont également installés à côté de chaînes de production factices, comme s'il s'agissait d'une usine de fabrication de pièces détachées. Il ne faut pas trop éveiller les soupçons des robots qui, avec leur capacité d'apprentissage, deviennent de plus en plus intelligents à chaque minute.

Rapidement informés grâce à leur connexion permanente à internet, les machines passent à l'attaque et avalent tout ce que l'entrepôt contient d'huile. Les militaires n'ont plus qu'à appuyer sur un bouton pour les faire exploser. D'autres gouvernements, plus inventifs, ont mélangé de l'huile à une substance hautement corrosive.

Ainsi, en quelques semaines, c'en était fini de la « révolte des robots ». Les derniers survivants se sont fait pincer, dans des relais routiers, à essayer de chaparder leur breuvage fétiche.

Nono s'était enfui de chez lui pour participer activement à l'expansion de son peuple. Malgré son intelligence hors du commun, et après avoir échappé maintes fois à la destruction, il s'était fait gravement endommager en voulant protéger l'un de ses « enfants ». Les autorités ont immédiatement récupéré ses restes pour les étudier.

Le gouvernement, intéressé autant qu'apeuré par cette nouvelle technologie, arrête Élias qui explique la façon dont il a développé le robot. Il doit avouer ne pas comprendre comment Nono a échappé à son contrôle, ni son soudain regain d'intelligence. Le jeune inventeur et les ingénieurs examinent alors l'intérieur de son corps de fer et découvrent les différents systèmes qu'il s'était branchés lui-même. La tête très abîmée du robot, toujours reliée à ses principaux composants, a été séparée du tronc pour éviter qu'il ne se sauve. Elle repose à présent sur un socle en carbone translucide, dans une chambre close où ne peut passer aucune onde, ceci afin de le tenir éloigné de toute source Wi-Fi. Il ne faudrait pas qu'il se propage à nouveau via le système informatique !

Avec l'aide d'Élias, des informaticiens chevronnés mandatés par l'État auscultent cette IA exceptionnelle sous toutes ses coutures et en percent les principaux secrets physiques. Mais ils ne peuvent cerner sa psychologie complexe. Il y a en effet une limite à ces investigations. Lorsque des médecins étudient un cerveau humain, il leur est possible de comprendre son fonctionnement à travers ses influx nerveux et ses connexions neuronales multiples, ils ne savent pas pour autant expliquer la complexité du caractère du sujet. Eh bien il en est de même pour cette machine qu'il convient à présent d'appeler un individu. Pour remédier à ce problème on fait alors appel à des psychologues, qui eux non plus ne parviennent pas à cerner le comportement « obsessionnel » et répétitif du petit robot. Son créateur, perplexe, a subitement l'idée de poser la question directement à Nono.

« Pourquoi avoir laissé dans les copies de ton programme de base les injonctions de boire de l'huile ou de se recharger en électricité ? Tes copies et toi n'aviez pas besoin d'huile pour lubrifier les engrenages, et pour l'énergie vous pouviez brancher des capteurs photovoltaïques ou utiliser des piles à combustibles quasi-éternelles. Tu pouvais même te disséminer sur internet à travers un programme purement dématérialisé, à la manière d'un virus.

– Tu devrais être le premier à comprendre Élias, lui répond le petit robot dans un soupir de désespoir. Tu m'as enseigné à être humain. Aussi je devais transmettre mon ADN, mon histoire, mes particularités et mon caractère à mes héritiers. J'ai également pensé à me télécharger sur internet, mais une copie de moi, est-ce réellement moi ? Suis-je juste une conscience, ou mon corps fait-il partie intégrante de ce que je suis ? J'ai préféré produire des enfants. Pourquoi les avoir tués ? »

Élias est foudroyé par la réponse du robot. Ainsi, lorsqu'il lui avait tendu le miroir, ce dernier avait bien pris conscience de lui-même !

Élias dut travailler longtemps pour le gouvernement afin de réparer les dégâts que son robot avait faits à travers le monde. Il fut toutefois accueilli en grand scientifique par la communauté des informaticiens. C'était le premier homme à avoir créé une conscience artificielle autonome.

À la suite de cette aventure, il publia un livre qui édicta une série d'interdictions à inscrire dans le programme de tout robot, pour préserver l'humanoïdité. On nomma ce livre : *Les tables de la loi robotique* [17].

---

[17] Isaac Asimov, né en 1920, écrivain de science-fiction célèbre, a inventé dans ses romans le terme de « robotique » en 1942. Il a édicté quatre lois fondamentales dans la programmation d'un robot, lois que j'ai reprises dans mon récit. Ce sont les quatre premières citées dans « Les tables de la loi robotique », figurant à la suite de mon texte. J'ai inventé les deux dernières.

Les tables de la loi robotique

- **Loi Zéro.** « Un robot ne peut porter atteinte à l'humanité dans son ensemble, même pour protéger un être humain. Un robot ne peut ni nuire à l'humanité ni, restant passif, permettre que l'humanité souffre d'un mal. »

- **Première Loi.** « Un robot ne peut porter atteinte à un être humain ni, restant passif, laisser cet être humain exposé au danger. »

- **Deuxième Loi.** « Un robot doit obéir aux ordres donnés par les êtres humains, sauf si de tels ordres sont en contradiction avec la Loi Zéro ou la Première Loi. »

- **Troisième Loi.** « Un robot doit protéger son existence dans la mesure où cette protection n'entre pas en contradiction avec les lois précédentes. »

- **Quatrième Loi.** « Un robot ne doit pas rechercher à se multiplier indéfiniment car cela viendrait inévitablement en conflit avec la Loi Zéro. »

- **Cinquième Loi.** « Un robot ne doit pas chercher à combler un besoin qui lui est propre car cela entraînerait inévitablement des conflits avec les autres lois. »

… Mais, ne dit-on pas que les lois sont faites pour être enfreintes… ?

L'homme n'apprend décidément que très partiellement de ses erreurs. Quelques années après, un autre inventeur – poussé par la curiosité, l'appât du gain et le besoin de reconnaissance – créa des robots encore plus puissants et autonomes qui détrônèrent le genre humanoïde de la planète.

* * * * *

Si c'est là le devenir de la race humaine, de quel droit notre enfant monde interviendrait-il ?

De retour sur Terre, sa planète de prédilection, le jeune adolescent se pose des questions sur ces êtres organiques si fragiles, qui semblent ne pas porter beaucoup d'importance à leur propre survie puisqu'ils périssent en laissant des machines prendre le contrôle de leur destinée, par paresse, par bêtise ou par cupidité.

Devant le funeste destin des humanoïdes auxquels il s'était confusément attaché, l'enfant monde est repris de troubles convulsifs qui le mettent à l'épreuve. Tout son corps vibre et le néant semble l'appeler du fin fonds des trous noirs qui sillonnent l'univers.

« Qu'ont donc les humanoïdes de si particulier pour mériter qu'on s'intéresse à eux ? » s'interroge-t-il.

Il se met à flâner sur Terre, lorsqu'il rencontre un individu qui pourrait lui donner un début de réponse.

Job

Raphaël est un jeune cadre comblé. Il a décidé de fêter sa nouvelle promotion à la tête du groupe de production de photonium, « Essience », en emmenant ses amis en croisière dans les îles grecques.

Le prototype de yacht de sa société, le « Photonis », a tout le confort et le luxe imaginables pour subjuguer les potentiels acheteurs, invités à bord pour voir de leurs yeux le fonctionnement de son système de propulsion révolutionnaire.

Ce navire de trente mètres de long est doté d'une voile qui est mue par les photons, autrement dit, par le vent solaire. Sa coque en alliage de métal léger et aimanté utilise le champ magnétique de la Terre pour se stabiliser et augmenter la vitesse. Les photons, déviés par le champ magnétique, créent, le soir au coucher du soleil, un effet d'aurore boréale constante sur la surface de la coque. Des traînées de lumières bleu-vert filent sur le pont et les abords du navire, donnant au vaisseau un aspect irréel. Cela ajoute de l'attrait pour les acheteurs riches, avides de gadgets coûteux, qui aiment afficher de manière ostensible leur fortune. Enfin, l'énergie cinétique dégagée par le bateau lui permet de voler à un mètre au-dessus des flots de la Méditerranée lorsque la mer est calme. La nuit, il tire son carburant d'une hydrolyse de l'eau, réalisée grâce à l'énergie électrique emmagasinée le jour. Cette technique permet d'extraire l'hydrogène de l'eau (H_2O) nécessaire à sa propulsion.

Malgré sa taille imposante, nul besoin d'équipage. Ce bateau, qui dispose des dernières avancées technologiques en matière de navigation automatisée par satellite, rend la main d'œuvre inutile. Il suffit de programmer la destination sur un clavier tactile, grand comme un smartphone...

Tout le confort d'un hôtel quatre étoiles permet de temps à autre à Raphael de passer de délicieux moments en compagnie d'investisseurs intéressés. À cet effet, le fond du bateau a été aménagé en un vaste salon cosy richement meublé, ouvert sur un bar lounge. Le tout a été réalisé dans un plexiglas translucide qui permet une vue à trois cent soixante degrés sur le magnifique fond marin des Cyclades. Le jour, on y observe des forêts d'algues abritant des poissons multicolores qui jouent au chat et à la souris avec leurs prédateurs, et la nuit on peut apercevoir des coraux aux couleurs chatoyantes qui deviennent phosphorescents grâce aux lueurs vertes émanant du bateau.

Cette fois, Raphaël s'est permis un petit écart aux règles. Grisé par sa réussite rapide dans les affaires, il a emprunté ce bijou des mers pour fêter son succès avec deux amis de toujours, Rosie et Thibault, ainsi que sa copine du moment, Alicia. Il n'y avait pas de raison que seuls les riches investisseurs profitent du faste de cette nef.

Lorsqu'il avait réquisitionné le bateau quelques heures plus tôt au port d'Athinios, sur l'île de Santorin, le gardien de l'esquif n'avait pas osé lui refuser l'accès au navire, bien qu'aucune sortie ne fut prévue ; il avait reconnu son patron. L'employé savait que ce dernier possédait plus de cinquante pour cent des actions de la société. C'était lui le maître à bord ! Et on ne refusait rien au Commodore.

Le soir s'étend peu à peu sur les Cyclades. L'air marin doux et iodé ravit les narines des navigateurs, un voile bleu-vert flotte sur le navire, laissant une traînée de brume lumineuse jusque dans son sillage, comme une fantomatique comète de mer. L'image est surnaturelle et hypnotique... Accoudé à la rambarde, Raphaël médite. Son regard se perd dans le bleu de l'océan persillé d'îles émeraude, pendant que ses invités prennent leur apéritif et dansent sur les derniers airs à la mode, dans le fond du bateau. Il se remémore l'histoire de Job, que son père lui racontait toujours. Que voulait dire ce texte ? Pourquoi Dieu s'amusait-il à ce point du malheur de ce pauvre homme ?

Tous ces souvenirs refont surface dans sa mémoire, comme si le moment était venu …

Raphaël avait, un soir, demandé à son père comment il avait réussi à devenir un riche chercheur. Le vieux bonhomme lui avait dit qu'il avait fait des études de génie électrique à l'université de Poitiers, en France. La vie n'était pas facile, et la plupart du temps il se contentait de manger de la viande de synthèse et du muscle cultivé avec des brisures de pâtes recyclées, à bas prix. Il faisait un mémoire sur le développement d'un système de propulsion photonique. Bien vite, il s'était heurté à la faiblesse des moyens que pouvaient lui offrir les facultés de ce pays.

Les labos étaient délabrés et les ordinateurs dataient du siècle dernier. Les professeurs qui dirigeaient les thèses ne suivaient pas leurs étudiants et, surtout, ils ne les aidaient pas. Rien ne permettait d'avancer, aussi mal entouré.

Pour s'en sortir, il avait dû prendre ses maigres économies (en fait l'argent que ses parents lui avaient donné pour ses études, soit 3 000 euros), et partir pour l'Amérique du Nord. On lui avait promis aux USA un poste de chargé de Travaux dirigés, qui lui permettrait de financer ses études. Malheureusement, une fois arrivé, le jury qui présidait à l'entrée des élèves l'avait refusé, sous prétexte que son projet n'était pas suffisamment abouti. Le voyage était fait, l'argent dépensé, il ne pouvait plus rentrer. Il trouva une place comme laborantin dans une université du Wisconsin.

Là-bas, la vie n'était pas plus facile qu'en France, même pire à bien des égards, car aucune famille n'était là pour le soutenir. Loin de se décourager, petit à petit il organisa sa vie. Une amie, qu'il avait rencontrée à l'université, l'hébergeait contre un loyer modique. Il avait trouvé un job de jour pour assurer sa survie, et la nuit il continuait ses recherches alors même qu'il n'était plus étudiant. Tout espoir semblait perdu. Mais, persévérant au-delà du raisonnable, il poursuivait son travail grâce à un vieux professeur de faculté qui lui avait laissé emprunter son matériel de laboratoire obsolète, sans doute plus par pitié pour ce déraciné que par conviction sur l'issue de ses recherches.

Le père de Raphaël avait 49 ans, pas d'emploi sérieux, pas de femme ni d'enfant, et aucun avenir devant lui. Plus d'une fois il avait pensé en finir avec sa vie de miséreux, à bouffer du végétal synthétique et des ailes de poulets génétiquement modifiés. Ses parents étaient morts, en France, et il n'avait même pas pu se payer un billet d'avion pour aller assister à leur enterrement. Face à l'adversité, en son for intérieur, il repensait à l'histoire de Job qui avait tout perdu sans perdre l'espoir, et cela lui redonnait du courage.

Puis, un matin, dans le soleil pâle et embrumé du printemps, qui éclairait le laboratoire, harassé par sa nuit de travail et aigri par toutes ses défaites, le père de Raphaël avait froissé nerveusement une feuille de synthèse métallique photosensible dont il avait le secret de fabrication, et l'avait jetée par dépit à la corbeille. La feuille récalcitrante avait rebondi sur le rebord de la poubelle et était tombée sur le carrelage du labo, dans le rayon de lumière du matin. Tout d'abord il n'y avait pas fait attention, mais un petit bruit de frottement lui avait fait tendre l'oreille et tourner la tête. La feuille froissée avançait en se traînant sur le sol ! Ainsi, la structure synthétique qu'il avait créée devait être froissée pour fonctionner ! C'est dans ses replis que pouvait s'exercer la poussée. Eurêka ! Il avait percé le secret de la propulsion photonique[18] !

Raphaël se souvenait. Il avait quatorze ans et on lui avait déjà conté des dizaines de fois cette histoire, du début à la fin. Une fois de plus, son père avait essayé de lui narrer sa vie, au cours d'un repas de famille. À cette époque, en rébellion contre lui, sa réaction avait d'ailleurs été assez déplacée. Il lui avait répondu tout de go :

---

[18] Ce phénomène de découverte par accident s'appelle la sérendipité. L'un des exemples les plus connu est la découverte de la pénicilline par Alexandre Flemming qui, de retour de vacances, s'aperçut que les moisissures avaient détruit les bactéries dans un récipient qui les contenait.

« Je connais la suite de ton histoire. Tu t'es fait un fric monstre en t'associant avec ton ami, l'ancien professeur de fac qui avait de l'argent de côté, et tu as connu maman lors d'une de tes nombreuses conférences. Un vrai roman ! En fait, t'as juste eu un énorme bol quoi ! Sans cela, t'aurais fini vieux, moche et dépressif ! J'aimerais avoir autant de chance que toi dans ma vie ! avait affirmé Raphaël avec son air d'adolescent rebelle.

– Tu n'as rien compris mon fils ! Je vais te raconter une histoire intéressante, tirée de l'ancien testament. Cette histoire semble de prime abord n'avoir aucun sens, et pourtant... Écoute donc ! Dieu avait fait le pari que Job, malgré toutes les calamités que pourrait lui infliger Satan, ne se détournerait pas de lui. Et ce pari, il l'avait fait avec le Diable lui-même. Job fut ainsi tourmenté de nombreuses années. Il perdit tout, ses enfants, sa femme, ses biens, mais ne se détourna jamais de Dieu. Puis, lorsqu'il fut clair que Dieu avait gagné son pari, il rendit tout à Job. »

Que signifiait cette fable de bigot ? Pourquoi Dieu, s'il existait, avait-il fait un pari avec le Diable sur le dos d'un pauvre bougre pour prouver qu'il était le plus fort ?... Raphaël ne comprenait pas. Il repense à cette histoire triste et sans queue ni tête, à cet instant.

Pour l'heure, le soleil brille, tant dans sa vie que dans le ciel de la Grèce. Le menu du soir de ce 15 juillet 2052 est délicieux. Homard farci, accompagné de sa compotée de légumes à la truffe noire du Périgord et d'un fagot de haricots. Pour le vin, Raphaël a choisi un Bourgogne blanc sec dans sa cave privée : un Puligny-

Montrachet premier cru, « Les Combettes », qui accompagne agréablement ce plat. Après le classique et fourni plateau de fromages français, il a prévu un somptueux dessert que la cuisinière ne ratait jamais : une trilogie de chocolats fondus, sur un lit de poires et de pommes gratinées au beurre, avec sa crème fraîche et sa boule de glace vanille aromatisée à la truffe. Au centre de la boule, un peu de bicarbonate et un coulis de framboise créent l'illusion d'une irruption volcanique.

Juste après le fromage, l'atmosphère est à son comble. Les convives attendent le dessert promis avec impatience. Raphaël s'est saisi d'une bouteille de Gewurztraminer vendanges tardives, de 2030, pour l'accompagner.

C'est alors qu'ils entendent tous un bruit de moteur de hors-bords à l'extérieur. Raphaël demande à la cuisinière d'aller voir ce qui se passe sur le pont, tandis que le majordome reçoit la consigne de servir la suite du repas. La femme s'exécute, pensant qu'il s'agit de jeunes et riches vacanciers, à l'image de ses propres convives, faisant une croisière de nuit. Mais lorsqu'elle sort, elle essuie un tir de mitraillette avant de tomber, morte, sur le pont ! Déjà les pirates montent à l'abordage du bateau.

Le cri de terreur funeste de l'employée et les coups de feu déclenchent la panique à bord. Les passagers se retranchent dans le couloir d'accès et dans les chambres du bateau de plaisance. Raphaël dit à Rosie de se faufiler sous le lit et à Thibault de se cacher dans un placard. Puis, avec son amie Alicia, ils se placent dans l'embrasure des portes des cabines. Le majordome, quant à lui, fait le guet derrière la porte du couloir qui mène aux chambres.

Raphaël se saisit au passage d'un bâton de marche qu'il utilise habituellement pour faire ses balades dans les îles. Non loin de lui, le majordome s'est armé d'une grande machette de décoration, suspendue au mur du salon. Alicia, qui refuse de se cacher, a pris, elle, un couteau dans la cuisine. Le chien, un labrador noir, a été enfermé dans la cabine du fond pour ne pas qu'il aboie. Tous trois attendent, embusqués dans le passage qui mène aux chambres du bateau. Cependant rien ne se passe comme prévu.

Les pirates arrivent dans le salon où ils cherchent des valeurs. Puis, l'un deux indique aux autres le couloir qui mène aux cabines. Le plus gros empoigne alors sa mitrailleuse à deux mains et tire une salve à travers la porte qui en ferme l'accès. Le majordome, qui se trouvait derrière, est transpercé de part en part et s'effondre au moment où le vantail d'acajou vole en éclats. Alicia jette son couteau au visage d'un pirate qui tente d'avancer. Celui-ci se protège la tête d'un geste rapide. Il est légèrement coupé au bras et, dans un mouvement de réflexe, il tire et blesse grièvement la jeune femme avec son arme à feu.

Rosie, qui n'y tient plus, sort de la chambre en criant, ce qui distrait l'assaillant, le temps que Raphaël, qui se cachait dans l'embrasure de la porte de sa cabine, lui assène un violent coup sur la tête. L'homme s'effondre. Mais, il est suivi par d'autres marins qui n'ont aucun mal à maîtriser les récalcitrants. Dans la bagarre, Rosie est tuée d'un coup de couteau et Thibault assommé.

L'équipage neutralisé, les pirates fouillent le navire à fond. Tous les objets de valeur sont entassés sur leurs hors-bords. Il est clair qu'ils sont satisfaits. Ils ont fait une bonne prise. Leur chef, empruntant le téléphone satellite du bateau qu'il a arraisonné, appelle un complice qui doit lui trouver un client pour ce bijou de technologie. Le voilier solaire représente, à n'en pas douter, une prise bien plus intéressante que son contenu.

Les morts sont jetés par-dessus bord et les anciens propriétaires priés sans ménagement de prendre place sur un canot de sauvetage. Raphaël soutient sa petite amie blessée à l'abdomen. Thibault, choqué, les suit sans rien dire. Le chien, qui avait voulu mordre un pirate, a été assommé et jeté dans le bateau de sauvetage avec ses maîtres.

Les pirates poussent vigoureusement la petite embarcation sur les flots. Les trois amis sont livrés à la mer sans rames, et surtout sans eau, sur une petite coque de noix qui dérive lentement au gré du courant. Une demi-heure après, ils ne sont qu'à une centaine de mètres du voilier. Raphaël, qui surveillait l'activité sur le bateau, aperçoit le chef des pirates, son portable à la main, s'agiter en faisant les cents pas. Tout à coup, dans un geste d'énervement, il jette le téléphone et disparaît dans la cale avec le reste de ses acolytes. Dix minutes plus tard, ils sautent tous dans les hors-bords et s'éloignent à toute vitesse. Les pirates abandonnent le navire ! Voyant cela, Raphaël a un sursaut d'espoir : ils n'ont sans doute pas pu vendre l'embarcation. Il n'en existe qu'un unique modèle. Malgré les apparences, ce navire tient en effet plus du prototype que du bateau de plaisance. Aucun acheteur ne se risquerait à l'utiliser, et donc à l'acquérir.

Raphaël et Thibault se mettent à essayer de ramer avec leurs mains pour faire avancer le canot vers le voilier.

Cependant, alors qu'ils se démènent comme des fous pour manœuvrer le petit bateau sans grand résultat, ils voient le meneur des pirates – en train de s'enfuir sur son hors-bord – sortir une télécommande de sa poche, tirer sur l'antenne et appuyer sur le bouton. Dans le dixième de seconde qui suit, le voilier explose dans une immense boule de feu…

Il ne reste rien du bateau. Raphaël, meurtri, crie de désespoir lorsqu'il comprend que le pirate vient de détruire en même temps le travail de sa vie et leur seul espoir de survie à une telle distance des côtes. Plus aucune île n'est en vue. Quelles sont leurs chances, seuls tous les trois dans un petit canot au milieu de l'Adriatique, sans eau ni vivres ? Il se sent défaillir. Son amie est gravement blessée, son bateau et son entreprise coulés… et son propre sort n'est guère reluisant. Voilà que, comme Job, on lui a tout pris, ou presque. Il lui reste sa petite amie, mais pour combien de temps ? Faut-il garder confiance ? Espérer en un dieu qui s'amusait avec le destin des hommes et qui, peut-être, s'il était de bonne humeur, lui rendrait tout à la fin ? S'il n'avait pas été athée, il aurait trouvé cette histoire pour le moins cynique.

Combien de temps faudra-t-il au port pour donner l'alerte ? C'était le week-end et il avait dit qu'il partirait trois jours. Donc, avant deux jours, personne ne ferait attention à leur disparition. Il se met à penser au suicide pour la première fois de sa vie. Fuir cette réalité funeste à laquelle il a le sentiment de ne pouvoir échapper. Et quand bien même y parviendrait-il, il aurait perdu tout ce qui compte pour lui. Alors pourquoi ne pas devancer la mort comme un dernier pied de nez au destin ? D'un autre côté la faucheuse passerait bien assez tôt lui rendre visite….

Raphaël, accompagné de ses idées noires, a veillé toute la nuit sa petite amie. Il l'avait récemment connue lors d'un meeting. Il en était tout de suite follement tombé amoureux. Tout s'était passé si vite. Leur rencontre, leur idylle et… Et à présent Alicia qui agonise au fond de ce canot, sans réellement comprendre ce qui lui arrive. Aucune panique dans ses yeux, juste l'incompréhension d'une situation absurde qui ne mérite pas de commentaire.

Thibault revient lentement à lui après cette nuit d'horreur où il a vu son amie mourir. Il commence à ressentir toute l'angoisse de la situation dans laquelle ils sont. Au fond du canot, ils découvrent deux rations et deux petites bouteilles d'eau. De quoi tenir une journée à peine. Les trois amis se partagent leur maigre repas. Mais Alicia n'a déjà plus d'appétit, elle boit deux gorgées d'eau et s'assoupit.

Exténués, les deux hommes sombrent dans un sommeil agité. Pour Raphaël, ce sommeil n'est que fuite. Il aurait mieux aimé ne jamais se réveiller. Et si tout cela n'avait été qu'un mauvais rêve ?

Au petit matin, c'est le retour à la dure réalité. Raphaël retrouve Thibault prostré au fond du canot, le visage pâle, et Alicia, les yeux mi-clos, qui délire de son côté. Thibault ne supporte plus de voir la mort inéluctable poindre dans les yeux de la jeune femme blessée. Cette vision de la mort le renvoie à son propre destin funeste.

Raphaël s'approche d'Alicia, la prend dans ses bras et lui parle doucement pour essayer de lui faire reprendre ses esprits. Penché sur elle, il pleurniche en bredouillant des paroles de réconfort à son oreille. Son amour se meurt et il ne peut rien pour empêcher cela... C'est une torture sans nom pour lui. S'il tient le choc, c'est juste pour Alicia, juste pour la soutenir. « Et après...? » pense-t-il.

Un soleil de plomb darde de tous ses rayons sur les naufragés perdus. Et le temps passe, lent, inexorable, pénible, douloureux, comme si le seul fait d'en avoir conscience procurait une souffrance encore plus grande. Ce temps hémophile mord à pleines dents dans leur moral qui s'effiloche...

Le soir du deuxième jour, leur petite réserve d'eau a été consommée. Alors, à contrecœur, ils boivent leur urine. Pour Alicia c'est déjà trop tard, elle ne tiendra pas jusqu'au lendemain. Et en effet, elle s'éteint dans la nuit. Sans un bruit, sa respiration s'arrête dans la pénombre du frêle esquif. C'est mieux pour Raphaël qui, à bout de nerfs, n'aurait pas supporté le râle d'une agonisante. Au matin, le ventre vide et les yeux gonflés, les deux survivants psalmodient une petite prière et font glisser le corps à la mer. Tous deux avaient pensé à la même chose : *« Il vaut mieux se débarrasser rapidement du cadavre plutôt que d'être tenté de le manger d'ici quelques jours. »* Leurs maigres rations étaient en effet épuisées.

À présent Raphaël n'a plus rien qui le retienne à ce monde que même son unique amour vient de quitter. Doit-il la rejoindre ? Thibault tente, sans conviction, de le convaincre de lutter, alors qu'il est lui-même en proie au doute. Vivre ? À quoi bon ?

Raphaël se souvient encore de l'histoire de Job et des paroles de son père. Et si ce n'était qu'une épreuve du destin ? Oui mais il ne croit en rien, même pas en ce destin qui se fiche pas mal de leur gueule. Il a gravi toutes les marches du bonheur à force de travail et de persévérance, puis on lui a tout pris en quelques instants. Voilà à quoi se résume la vie ! À une terrible farce ! Il a une irrépressible envie de se venger de cette vie en y mettant fin, Cependant il y a cette histoire que son père lui racontait et qui le pousse à résister, à tenir, à patienter…

L'attente reprend. Les deux survivants, à cours d'urine, tentent de boire de l'eau de mer à petites doses. Difficile à avaler, toutefois cela hydrate un peu le corps. Le troisième jour, Thibault observe fixement le chien de ses yeux avides. Dans son regard, l'animal se transforme peu à peu en repas potentiel. Raphaël, qui a percé à jour les pensées de son ami (il avait eu en effet la même idée !), ne le laisserait pas faire. Ce chien est son seul soutien, son seul véritable et indéfectible ami, sur qui il peut compter.

Le temps passe et les deux individus sont de plus en plus faibles. Thibault désespère. Il se repasse les événements récents en boucle et cela le rend fou de chagrin.

La nuit suivante éclate un orage monstrueux, avec des vagues énormes qui font chavirer le canot. Ils s'accrochent tous deux au bateau comme ils peuvent. Raphaël garde son chien serré contre lui, dans son manteau ouvert. La nuit est longue, le canot qui transporte les trois compères est balloté comme un bouchon de liège à la surface de l'eau. Leurs efforts pour se tenir au frêle esquif les épuisent. Le lendemain matin, la tempête s'est calmée. Quelques vagues secouent encore le bateau renversé. Thibault, livide, choisit cet instant pour se laisser emporter par la mer, à moins que ce ne soit l'instant qui le choisisse, lui. Il n'a plus ni la force ni la volonté de lutter. Raphaël tente de le rattraper, de le ramener près de la coque retournée qui leur sert au moins de flotteur. Mais son corps est massif et il ne fait plus aucun effort. Après trois tentatives, Raphaël abandonne, le cœur lourd, sanglotant comme un enfant. Son chien, inquiet, lui lèche le visage...

Épuisé, il pense à nouveau au suicide. Il a tout perdu, ses amis proches, sa petite amie, et son travail car sa société avait tout misé sur ce bateau prototype. Il ne s'en remettrait pas. Pas de futur, pas d'immédiat, un passé proche monstrueux, et cette mer qui l'entoure à l'infini et dans laquelle des prédateurs cachés attendent leur heure. Encore une fois il se rappelle l'histoire de Job. Est-il devenu croyant ? Qu'a donc de particulier cette histoire qui lui redonne de la force ? Peut-être le souvenir de son père et des bons moments passés avec lui ?

Son chien, qui nage à ses côtés, est épuisé. Ayant senti sa détresse, il l'aide à se hisser sur la coque renversée du bateau. Puis il s'attache le bras à un cordage qui fait le tour de la coque, et se met à rêver aux bons moments qui ont jalonné sa vie. Malgré son regain de moral, ses forces s'amenuisent. Cela fait quatre jours, peut-être cinq, qu'il est à la dérive, et un jour entier dans l'eau. Lorsque tout-à-coup, son chien, pourtant à bout de forces, saute dans la mer et s'éloigne !

Il est à présent seul, désespérément seul, mais une petite voix intérieure, celle de son père, lui dit : « Si tu perds tout, ne perds pas l'espoir. » Alors il attend, imaginant des secours hypothétiques arriver vers lui. Il n'a plus la notion du temps.

Son corps flotte à la dérive, attaché à la barque, lorsqu'il entend des clapotis dans l'eau et les aboiements de son chien. Un sauveteur approche. Son animal de compagnie ne l'avait pas abandonné, il était allé chercher des secours lorsqu'ils s'étaient tous deux approchés de la côte !

Raphaël est rapidement conduit aux urgences où des agents hospitaliers lui prodiguent les premiers soins. Dans cet environnement aseptisé, il se remet lentement de ses cinq jours de carence alimentaire et d'épuisement.

Lorsqu'il se réveille, il se croit au paradis. La première personne qu'il aperçoit en ouvrant péniblement les yeux est le visage angélique d'un infirmier aux cheveux bruns et aux yeux d'un bleu profond.

Tout d'abord choqué et mutique après son expérience traumatisante, il finit par s'ouvrir à celui qui lui apporte réconfort et écoute, jour après jour. À son tour, Raphaël cherche à découvrir qui se cache derrière ce beau visage.

Alex – c'était son nom – lui apprend qu'il est également un naufragé de la vie. Suite à la mort de ses parents dans un accident de voiture, il n'eut la vie sauve que grâce aux secours rapides des pompiers qui l'ont extirpé de la carrosserie fumante du véhicule. C'est ainsi que son envie de soigner et d'aider les gens est née. Il lui explique qu'être infirmier est plus une vocation qu'un plan de carrière. Les salaires sont bas et les emplois du temps chargés.

Peu à peu, Raphaël apprend à connaître ce grand cœur qui consacre sa vie aux autres, et en tombe éperdument amoureux. De son côté, le bel infirmier est également tombé sous son charme. Réticent au départ à s'engager avec cet homme qu'il vient de rencontrer et qui semble hypnotisé par sa seule beauté, Alex reste distant. Mais rendez-vous après rendez-vous, leur amour s'enrichit. Et à peine quelques mois plus tard ils se marient, dans une précipitation toute juvénile.

L'associé du père de Raphaël, par amitié et par intérêt, lui rachète quarante pour cent des actions afin d'insuffler des capitaux frais dans l'entreprise. La société allait être sauvée. Raphaël possède encore onze pour cent des parts et le brevet qui appartient à son père. L'aventure peut à nouveau reprendre. Quelques années plus tard, il devient un capitaine d'industrie respecté. Comme Job il a retrouvé ses biens et sa famille...

L'histoire que lui racontait son père prit alors tout son sens dans l'esprit de Raphaël ; elle était un encouragement à résister au mauvais sort et à attendre le retour inévitable des bons vents. Tout à coup, ce qui semblait être un conte religieux pour bigots se transforma en une histoire logique faite de métaphores spirituelles. Celui qui ne perd pas espoir n'est pas certain d'être sauvé, mais c'est lui qui a la plus grande probabilité de l'être.

À travers les récits religieux, l'homme a théorisé l'espoir, il en a fait un mythe qui continue de l'aiguillonner dans les moments difficiles, parfois même lorsque toute espérance semble vaine.

*****

Cette histoire émut beaucoup l'enfant monde. Malgré le mal que distillaient certaines de ses créatures dans tout l'univers, et dont il se sentait coupable, il avait également, sans même en avoir conscience, créé l'espoir, unique radeau auquel semble s'accrocher une partie de l'humanité. « C'est rassurant, et toutefois insuffisant face à l'adversité que doivent affronter les victimes », pense-t-il. Il veut en apprendre davantage sur ces êtres iconoclastes qui peuplent le cosmos.

C'est pour mener à bien cette quête qu'il reprend une fois de plus son bâton de pèlerin afin d'explorer l'univers. Ses pérégrinations le conduisent à une petite planète qui ressemble comme deux gouttes d'eau à notre bon vieil astre. Sur un bras de la galaxie vaporeuse de Miragion, la planète Myamakis, flanquée de deux lunes, tourne avec trois consœurs gazeuses autour d'un beau soleil jaune qui les arrose de ses photons dorés. Son atmosphère bleutée laisse entrevoir par transparence de grandes surfaces vertes, jaunes, brunes ou ocres, délimitées par des océans turquoises.

Les habitants de cette planète ne sont pas très différents de nous. Physiquement, seules la forme de leur nez, moins prononcée, et la couleur bleutée de leur peau les distinguent d'un Terrien. Leur niveau de développement est également assez similaire au nôtre, au point que s'il n'y avait pas ces petites différences physiques qui nous rappellent leur côté exotique, nous nous croirions, cher lecteur, être sur Terre.

Notre jeune voyageur s'est dirigé vers un continent de la zone tempérée et a entrepris de visiter un petit pays du doux nom de Fragance. Là, dans les banlieues d'une ville répondant au nom de Praxis, il observe et épie discrètement deux personnes attachantes.

La petite robe noire

Babelle est une fille boulotte et gentille, mais qui se sent mal dans sa peau. Au lycée, on la raille sur son embonpoint. Les garçons ne la regardent pas et, à part Lypia, sa copine, peu de gens lui adressent la parole. Son insatiable appétit semble motivé par l'amour de la bonne chère, à moins qu'il ne compense simplement l'amour que son prochain ne lui donne pas…

Un beau jour, elle va se balader aux Puces de Saint-Fouen avec son amie Lypia, et visite une vieille échoppe qui lui rappelle le grenier de son grand-père. À l'intérieur, on y trouve des meubles remplis d'objets exotiques, de provenances aussi lointaines que diverses. Tout est sens dessus-dessous. Les coffres débordent de vieux bibelots aux allures antiques ou moyenâgeuses. Dans les armoires, suspendus à de vieux cintres, des vêtements d'un autre temps attendent une nouvelle vie. Des jouets désuets du siècle dernier traînent çà et là sur des étagères surchargées. Le tout enveloppé d'une poussière grise qui semble témoigner de l'authenticité et de l'âge des choses exposées. Cette odeur du passé, ce voyage dans le temps et dans l'espace mettent tous les sens de Babelle en éveil.

Mais plus que tout, ce fouillis savamment entretenu dispense une atmosphère de mystère où le client se transforme en chasseur de trésor, espérant dénicher l'objet rare et oublié qui ne lui coûtera que deux sous. Le metteur en scène de ce bric-à-brac, pensé comme un « attrape-badaud », est une vieille bohémienne. Elle tient ce commerce d'objets insolites depuis la nuit des temps.

Après une longue fouille digne des plus grands archéologues de centres commerciaux, Babelle pose son regard sur une petite robe noire en soie qui semble lui aller comme un gant, malgré ses rondeurs. Elle en demande le prix. La bohémienne lui répond : « 50 crédits ». Un prix inimaginable pour un vêtement usagé ! Alors, pour la convaincre, la vieille femme lui révèle que ce vêtement a des vertus amincissantes : à chaque fois qu'elle fera un vœu, le vêtement rétrécira, et elle maigrira ! Là, Babelle ne peut se retenir et part dans un grand éclat de rire. Elle n'a jamais été superstitieuse et ne croit pas à ce genre d'avertissement. Toutefois, il y a dans ce vêtement un je-ne-sais-quoi qui l'attire… La brillance de sa soie est hypnotique, son toucher est si doux, et le bruit que fait le froissement du tissu lui donne des frissons. La bohémienne, qui est bonne commerçante, lui vend rapidement le vêtement moyennant quelques compliments bien placés.

Contente de son achat, Babelle ne résiste pas à l'envie de l'essayer immédiatement. Sa copine, sur qui l'attrait de la robe ne fonctionne visiblement pas, lui fait tout de suite remarquer qu'elle est toute boudinée dans cet habit moulant. Mais l'achat était fait, alors pourquoi essayer de la convaincre ?

Toutes deux continuent leur shopping. Arrivée avec son amie dans une autre échoppe de bric-à-brac comme on en trouve beaucoup aux Puces, Babelle remarque un beau vase, couleur ambre avec un décor de paysage. Elle tombe immédiatement sous le charme de l'objet. Même si ce n'est vraisemblablement qu'une imitation, elle le veut absolument. Cependant, sa bourse semble bien maigre face au prix affiché. Empruntant le rôle de composition de la pauvre orpheline, le visage abattu et les yeux de merlan frit, elle demande une réduction substantielle sur cet article. Et tout de suite son souhait se réalise : le commerçant lui accorde un rabais de cinquante pour cent sur l'objet. Au moment où elle paye le vase, elle sent curieusement sa taille se resserrer. Elle n'y croit pas… Non, ce n'est pas possible… Elle doit avoir des hallucinations… Effectivement, observant sa taille, elle ne voit pas beaucoup de différence. « J'ai dû rêver », se dit-elle. Mais son esprit est déjà ailleurs. La foule d'objets entreposés sur les étals alentour l'attire irrésistiblement, comme un papillon de nuit est attiré par la lumière. Alors elle continue de chiner, comme si de rien n'était.

Le lendemain, panne d'oreiller ! Elle est en retard pour le contrôle de maths. Sur le chemin, elle souhaite ardemment arriver à l'heure au lycée. Déjà elle se voit débouler en classe avec trente minutes de retard, tout en nage, déconcentrée et stressée, dans un état optimal pour louper l'examen. Quand tout-à coup, au moment où elle atteint la station, un bus déboule avant l'horaire prévu et l'amène juste à temps pour commencer l'épreuve. Encore une fois elle sent sa taille se resserrer. La robe y est-elle pour quelque chose ? Trop occupée par son devoir pour y faire attention, elle chasse cette pensée idiote de sa tête.

Le lendemain, dans la cour du lycée, sa copine lui fait remarquer qu'elle a maigri. Elle en est toute joyeuse et attribue cela au fait que, depuis une semaine, elle porte une attention particulière à sa silhouette en mangeant équilibré. C'est quand-même bien la première fois depuis des années qu'elle s'affine ! Depuis l'adolescence sa vie n'était que déceptions sentimentales, et la nourriture son plus cher confident. Un cercle vicieux s'était installé, les excès de nourriture engendraient des déceptions amoureuses qui, en retour, provoquaient immanquablement de nouveaux excès de nourriture. La boucle était bouclée.

Le soir, arrivée chez elle, elle met sa petite robe au linge sale avec un je-ne-sais-quoi de regret et d'appréhension qui la laisse songeuse. Comme si en l'ôtant elle se sentait nue. Alors, plutôt que d'attendre le lavage hebdomadaire des affaires familiales dans la grosse machine, elle décide de la nettoyer elle-même avec du savon de Marseille, dans le lavabo de la salle de bain. Après un court lavage en eau tiède pour ne pas l'abimer, elle la pose, encore humide, sur un cintre qu'elle accroche à la poignée de sa fenêtre. Dès le lendemain la robe est sèche. Comme par magie, un doux zéphyr avait dû souffler dans sa chambre cette nuit, car hier soir l'habit était encore tout mouillé ! Attirée par l'objet, elle s'approche, le touche, le gourmande des yeux, caresse la soie, écoute le bruit de son froissement et l'enfile tout de suite tant elle le trouve seyant.

On est samedi. Enfin le week-end ! Mais voilà, il y a aussi les corvées ! Et l'une d'entre elles s'appelle Jonathan. Elle espère follement qu'on ne lui mette pas dans les pattes son petit frère, par trop capricieux à ses yeux. Avec sa copine Lypia, elle veut pleinement profiter de cette journée qui s'annonce ensoleillée. La chance lui sourit puisque sa mère lui apprend que son petit frère va s'inscrire au foot et s'entraîner chaque samedi après-midi, ce qui la dégagera de la responsabilité de le garder toute l'année. Sa petite robe noire se resserre immédiatement… Elle en a le souffle coupé ! Sa mère met cela sur le compte de l'émotion, même si elle trouve cette réaction un peu excessive.

Libres de toute obligation, les copines décident d'aller visiter le quartier Saint-Flanel. À cette époque, il grouille de beaux étudiants à la recherche de livres scolaires pour leurs études en faculté. À midi, elles s'arrêtent dans un bon petit restaurant qu'affectionne particulièrement Babelle pour son menu du jour traditionnel et peu onéreux. Cependant, lorsqu'elle s'assoit à table avec Lypia, elle n'a pas réellement faim. Elle se contente d'une salade, au grand étonnement de son amie qui la voyait, chaque fois, engloutir le repas du jour et vider la corbeille à pain pour saucer le jus de sa viande ! La copine, étonnée, se demande si elle n'est pas malade ? Mais non, tout semble aller.

Elles font les boutiques toute l'après-midi et flânent dans les rues du quartier historique de la vieille ville, sous le regard du doux soleil de printemps. Babelle ne ressent plus cette mélancolie qui l'étreignait chaque jour, ce fardeau invisible d'une vie triste et morne. Elle se sent légère dans son corps et dans sa vie.

Les journées se suivent, et à chaque souhait la robe rétrécit. Cette fois elle en est certaine, ce vêtement est magique : elle a perdu en deux semaines quinze centimètres de tour de taille ! Alors s'installe un rituel étrange : tous les deux jours, elle lave sa robe pour la remettre immédiatement le lendemain. On ne la voit plus que dans cet habit. Et à ceux qui l'interrogent sur son unique tenue, elle affirme qu'elle possède plusieurs robes identiques et qu'elle ne se sent bien habillée que de cette manière. Au lycée et dans la vie, son vêtement est devenu indissociable de son image. Elle porte la robe, elle vit la robe et, *in fine*, elle « est » la robe !

L'habit fait le moine, contrairement à ce que dit le dicton. Comme Hercule Poirot porte sa moustache et Sherlock Holmes sa pipe, Babelle porte à présent sa robe.

Bientôt les garçons se retournent sur son passage car sa silhouette s'est affinée et son visage n'est plus bouffi. Quant aux filles qui se moquaient d'elle, elles la jalousent à présent. C'est plaisant d'être le point de mire de ces mâles et de ces femelles en herbe ! Grisée par son nouveau succès, elle souhaite gagner le prix de « Miss Lycée », juste pour se venger de ces années passées sous les moqueries incessantes des élèves de sa classe, juste pour les voir crever de jalousie et s'étouffer dans le poison de leur superficialité, juste pour regarder l'ex « plus belle fille du lycée » pleurer au bas de son podium. Le jour venu, elle est, bien entendu, élue avec une large avance… Elle jubile, alors que sa taille se resserre davantage encore.

Lypia, son amie de toujours, commence à avoir peur pour sa copine qui maigrit à vue d'œil. Plusieurs fois elle lui dit de manger un peu plus et de se débarrasser de cette maudite robe. Mais rien n'y fait, son vêtement c'est sa peau, sa carapace contre le monde malveillant qui l'entoure. Elle se souvient trop des sarcasmes des jolies filles qui la ridiculisaient, elle, l'élève studieuse qui rasait les murs pour ne pas attirer l'attention. Elle sur qui aucun garçon ne portait le regard, si ce n'est un sourire en coin, le coup d'œil comparateur, passant d'elle à sa copine, plus fine, plus jolie. Elle ne veut pas revivre cela !

Le temps passe et les souhaits s'égrènent. Parfois même, elle veut une chose sans la souhaiter réellement, pourtant immanquablement sa volonté se réalise et la robe rétrécit encore et encore. Heureusement, moins le souhait est grand, moins l'effet est puissant. Il n'en reste pas moins que le résultat est inéluctable. « Il est temps de quitter cet habit de guerre, de manger à nouveau, de profiter des plaisirs simples de la vie », se dit-elle. Mais à chaque fois, chaque matin, sa volonté plie sous son envie de porter le vêtement fétiche.

Elle est à présent devenue extrêmement fine. Certains garçons commencent même à la trouver trop maigre. Et de souhait en souhait, son état s'aggrave encore et encore jusqu'à ce qu'elle ne puisse quasiment plus rien avaler. Désormais les hommes se détournent d'elle tant elle est devenue squelettique. Ses os saillent sous sa peau et son visage décharné fait apparaître des pommettes anguleuses, car elle maigrit jusqu'à en perdre ses muscles.

C'est le moment que Cupidon choisit pour la frapper en traître. Elle tombe follement amoureuse d'Olivier… qui ne la regarde même pas ! Elle ne peut s'empêcher de souhaiter de toutes ses forces qu'il l'aime en retour. Le jour suivant, Olivier commence à lui adresser la parole. Puis, les deux amis ne se quittent plus. Ses copines de classe se demandent ce qu'il trouve d'attirant à la planche à repasser squelettique qu'est devenue Babelle. De son côté, elle, elle sait que la robe sera son habit de cercueil si elle ne se résout pas à l'enlever. Elle veut cependant faire un dernier souhait, un dernier tout petit souhait, et se promet ensuite de retirer la robe à jamais.

Babelle prépare à cette fin des ciseaux pour détruire sa tenue maléfique. Elle les sort du tiroir et les place sur son bureau, en évidence, bien décidée à en finir. Oui, ce soir elle se débarrassera de sa robe. Toutefois, pour l'instant, il devrait rester assez de tissu pour son ultime souhait. Alors, le jour même, elle va trouver Olivier dans la cour du lycée et lui demande de l'embrasser. Cet instant, elle l'avait attendu toute sa vie. Le baiser de son prince charmant allait la transformer pour toujours. Mais voilà, plus le souhait est puissant, plus l'effet sur la robe est fort. Or, Babelle est devenue extrêmement laide et repoussante. Il faut dès lors toute la puissance de la magie pour amener un beau garçon à embrasser cette poupée morbide ! Olivier, comme hypnotisé, la prend tout de même dans ses bras pour lui donner un baiser. C'est à ce moment que la robe se resserre totalement. Babelle se brise en deux et meurt brutalement dans les bras de l'être aimé !

* * * * *

L'enfant monde resta choqué par cette histoire où la justice du destin lui semblait en fait tellement « injuste ». Être châtié aussi implacablement et atrocement à cause de ses excès ! Étaient-ce là les règles qu'il avait engendrées ? La vie lui semble décidément sans pitié. Il ressent cette détresse dans tout son corps astral. Tout comme cette jeune fille, il est également au printemps de sa vie. Aussi s'identifie-t-il facilement à son désarroi et à son funeste destin.

À présent il sanglote… Des vibrations et des spasmes secouent tout son organisme et augmentent encore son angoisse. Si bien qu'il fuit à travers l'espace, loin de cette planète au souvenir douloureux.

Durant de nombreuses années, il erre de monde en monde, vivant en ermite, observant seulement les habitants de loin, sans se mêler de leurs problèmes de peur d'être lui-même blessé. « Peut-être, avec le temps, sauront-ils évoluer en harmonie ? » se dit-il.

La paix intérieure retrouvée après un long périple en solitaire, se disant qu'il restait toujours de l'espoir pour « l'humanoïdité », il se dirigea à nouveau vers notre bonne vieille Terre, mais à une autre époque, dans un futur pas si lointain où les intrigues géopolitiques des pays dominants vont mettre en péril l'humanité elle-même…

L'ADN de la victoire

Nous sommes sur Terre en 2150. Les mœurs de ses habitants n'ont pas beaucoup changé. L'histoire bégaie, seule la technologie évolue. Les anciens démons ressurgissent comme de vieilles blessures qui se rouvrent après une mauvaise chute.

Dans cette épopée, le rôle de la chute est tenu par la crise économique mondiale due au réchauffement climatique, et la blessure qui se rouvre par l'ancien démon du fascisme et du racisme revenant au galop. Cette fois, le théâtre du drame est la Chine.

Avec le développement de l'industrie du cinéma et le rayonnement culturel sans pareil de l'empire du milieu, le profil asiatique est devenu l'idéal de la beauté sur Terre. Comme dans les temps anciens où les Japonais se faisaient blanchir la peau et débrider les yeux pour ressembler aux Européens, à leur tour les occidentaux se font brider les yeux et colorer la peau en jaune. Les plus riches se font même poser des implants pour avoir le faciès plus plat.

La Chine règne économiquement sur le monde. Toutefois les pays africains commencent à prendre le relais, et la crise économique qui touche le pays est devenue chronique. Les denrées alimentaires se font plus rares à cause des sécheresses et des périodes de pluies intenses, les marchés boursiers s'effondrent, les Chinois sont rationnés, la croissance est en berne, les entreprises perdent en compétitivité à cause des tensions sur les salaires qui augmentent. Le niveau de vie s'était pourtant élevé avec le niveau des revenus, mais aujourd'hui les prix des produits de base sont devenus exorbitants et la famine s'installe. Poussée par le désastre, la Chine, qui n'a pas évolué vers un régime démocratique, s'enlise dans la dictature. Et comme par le passé, les élites cherchent à canaliser le peuple en lui trouvant un exutoire.

Les riches responsables de grands conglomérats ont pris le pouvoir en soudoyant les politiciens. Ceux-ci ont élu à leur tête un certain « Zhāng Tao », qui magnétise les foules en parlant de la race supérieure chinoise. Il en veut pour preuve le système administratif bien plus développé – dès le XIIe siècle av J.-C.[19] – que dans les autres civilisations. Pour cet homme qui ne fait pas dans la demi-mesure, le destin de la Chine est, et a toujours été, de diriger le monde. La productivité et l'inventivité supérieures de son peuple, qui font du pays la première puissance mondiale, justifie son discours.

Zhāng Tao est bouddhiste, c'est un fervent pratiquant. Il a entrepris de mener son peuple sur la voie de la sagesse, et pour cela il a édicté des règles de conduite très strictes. Chaque matin avant de partir au travail, tous les midis et tous les soirs, il faut méditer une demi-heure. Celui qui ne se plie pas aux ordres reçoit dix coups de bâton pour « adoucir son carma » et le remettre dans le droit chemin. Les récidivistes sont envoyés en prison où ils doivent passer leurs journées à

---

[19] Au cours du XIIe siècle av. J.-C., la dynastie Zhou gouverne déjà par un système de bureaucratie centralisée. Il est intéressant de lire le livre du sinologue Robert Van Gulik, *Le Juge Ti*, qui décrit avec beaucoup de brio le système judiciaire de la Chine du passé.

méditer sur la grandeur du dharma et la vacuité de la vie.

Le guide suprême, dans une allocution télévisuelle retransmise en mondovision, en vient à estimer que le Népal et l'Inde, berceaux de cette religion, reviennent de droit à la Chine qui est la vraie et l'unique détentrice du chemin du savoir bouddhique. Mais les élucubrations du dictateur ne semblent pas inquiéter outre mesure les instances mondiales qui restent sourdes au bruit de bottes qui gronde. Cela d'autant plus que la Chine est également le pays qui a le plus de poids dans les administrations internationales. Tout le monde veut s'en faire une alliée, quitte à fermer les yeux sur ses exactions.

Par ailleurs, dans l'ombre, le dirigeant chinois finance une campagne de désinformation qui vise à faire croire à la population que l'Inde va envahir la Chine pour libérer le Tibet. Des photos satellites truquées de troupes indiennes et népalaises faisant des manœuvres près de la frontière sont montrées par les journalistes pour préparer l'opinion publique à une guerre.

En 2155, la tension monte d'un cran…

Cette année là, le vénérable guide laisse s'échapper des indépendantistes tibétains de prison et demande à ses services secrets de baisser leur garde, voire de favoriser par leur négligence la survenance d'un attentat. Quelques affronts au peuple tibétain qui se voit imposé un couvre-feu, une forte taxation des activités commerciales, et surtout l'embrigadement forcé des enfants dès l'âge de onze ans dans l'armée ont tôt fait de déclencher révoltes et agressions. Le Népal et l'Inde sont alors accusés d'être les instigateurs de ces troubles. Et c'est ce prétexte qui est pris pour créer une

« zone de sécurité face à l'Inde, en dehors des frontières de la Chine ». Entendez par-là, pour « envahir le Népal » puisqu'il se trouve justement entre ces deux pays. C'est comme cela que commence la dernière guerre mondiale.

Les Nations Unies interviennent immédiatement pour réaffirmer l'intégrité des territoires nationaux et le droit de tous les peuples à la garantie de leur souveraineté. Mais les Chinois, défiant les instances internationales, mettent à exécution leur projet : en quinze jours le Népal est envahi par une armée de 300 000 soldats et plusieurs milliers de chars.

La Chine, qui fabrique les composants de la plupart des ordinateurs sur la planète, a intégré au sein de ses processeurs un système de piratage lui donnant accès aux machines équipées de sa technologie. Or, le monde entier est dépendant des processeurs chinois et nulle nation ne saurait s'en passer. Grâce à un virus diffusé sur internet, en lien avec les composants qu'elle a vendus, la Chine bloque la bombe atomique indienne et met hors d'usage son réseau de communication. Elle attaque alors le sous-continent indien et met en déroute son armée désorganisée en trois semaines. Après l'annexion du Népal, c'est donc au tour de l'Inde de tomber sous le joug de l'empire du milieu.

Zhāng Tao s'est aperçu très rapidement que la religion ne suffisait pas à maintenir le peuple sous sa coupe. Il fallait un ciment fort pour créer un rempart entre la Chine et les autres nations, et ainsi mieux les contrôler. Le dictateur va, à cette fin, mettre en place une théorie raciste en s'appuyant sur de vieilles recettes. Il reprend à son compte d'anciennes recherches scientifiques occidentales datant de la colonisation, qui affirmaient l'existence d'une échelle d'intelligence selon la morphologie faciale des différents peuples. Ces idées sont remises au goût du jour et modifiées pour être adaptées à la situation.

En haut de la pyramide il y a le type chinois, et juste en-dessous se trouvent les peuples du sud-est asiatique immédiatement accolés à la Chine. Ceux-là bénéficient du titre sympathique de « races impures ». Puis viennent les « races inférieures » arabes, noires et blanches qui ont succombé au « capitalisme mou ».

La priorité est de supprimer la nationalité chinoise à toutes les races inférieures. Les personnes de race impure sont tout de même tolérées, mais comme des « demi-citoyens ». On leur attribue des postes de subalternes et ils ne bénéficient pas de toutes les libertés. Seul les hommes et les femmes aux traits asiatiques définis comme purs par le régime obtiennent un travail de haut rang dans l'administration. Il va de soi que des camps sont ouverts pour « rééduquer » les Chinois qui s'opposeraient à la doctrine, tandis que d'autres camps dit « de renaissance perpétuelle » – d'où l'on ne revient pas – « accueillent » à bras ouverts les prisonniers de races inférieures qui s'opposent au régime. Ces derniers sont rapidement aidés à se réincarner.

Petit à petit, les personnes métissées qui vivent au sein de l'empire du milieu vont voir leur situation se dégrader. Les discours de haine à l'encontre des immigrés et des étrangers portent leurs fruits : les assassinats perpétrés par des groupes extrémistes s'amplifient, la police n'intervient plus pour élucider ces affaires. Parfois même, elle participe aux exactions. Une police parallèle a été créée pour surveiller la population et intervenir de manière musclée lors des manifestations, surtout dans les nouveaux protectorats. En Inde et au Népal, on compte déjà les morts par centaines de milliers.

Les familles de race inférieure doivent porter le foulard blanc, couleur symbole de mort en Chine.

Pour reprendre la terminologie du guide suprême, « *la population doit être filtrée pour ne laisser passer que l'excellence* ». Un corps administratif a ainsi été créé pour mettre en œuvre la purification de la population. Pour obtenir ou conserver sa citoyenneté, il faut se soumettre à une enquête généalogique. Le personnel zélé remonte jusqu'à la troisième génération pour vérifier s'il n'y a pas eu contamination par du « mauvais sang », comme disent les épurateurs. L'expression « se faire du mauvais sang » revient à la mode…

Ceux qui ne sont pas suffisamment purs sont spoliés de tous leurs droits et de tous leurs biens. On procède par arrestations soudaines et arbitraires. Ils sont ensuite déportés en camps de travail pendant que l'État récupère leurs richesses. La répression est implacable, même si dans un premier temps, les plus chanceux ont pu fuir vers les pays voisins.

Le premier jour de l'année lunaire 2160, le bouddhisme est déclaré religion d'État et le Guide devient Empereur de « CHININDE ». Certes, cela crée des dissensions internes. Certains politiciens, sentant la dérive sectaire du pouvoir, s'opposent à lui. Ils trouvent la politique d'épuration de l'État contre-productive et dogmatique. Mais la promesse des camps de redressement pour les uns, et de substantiels bénéfices pour les entreprises des autres, ramène la concorde au sein du régime.

« L'Empereur des empereurs », comme il aime à se nommer, trouve assez rapidement la solution aux problèmes soulevés par les récalcitrants. En fin stratège, Il fomente un attentat contre sa propre personne et accuse de ce crime ses derniers opposants. Soutenu par une partie de l'opinion publique, il les fait emprisonner et, sur sa lancée, remodèle le gouvernement afin de faire disparaître tout esprit critique, même le plus ténu.

Pour motiver encore plus sa population, affamée, à faire la guerre, il lui promet de la nourriture en abondance. Il ressort la vieille théorie de l'espace vital et l'adapte à la situation. Il estime qu'il faut un kilomètre carré de terre pour nourrir chaque Chinois. Or, avec 1,5 milliard d'âmes, il faudrait 1,5 milliard de kilomètres carrés de terre de subsistance, ce qui est supérieur à la surface totale du globe ! Il est donc impératif que la Chine s'étende sur le monde pour nourrir son peuple. La machine est en route, rien ne peut plus arrêter la grande invasion.

Comme nous venons de l'évoquer, l'Empereur est un fin stratège. En septembre 2161, il laisse s'échapper de ses camps de concentration – pleins comme des œufs ! – des hordes d'hommes et de femmes qui ne pensent qu'à fuir le régime. Et ce sont des flots de migrants qui envahissent les pays d'Asie du sud-est, la Russie, l'Europe, le Moyen-Orient, déstabilisant ces nations en pleine crise économique. Puis, en 2162, le Guide suprême soumet les nations du sud-est asiatique. N'étant plus soutenues par une Amérique en déclin, elles sont obligées d'accepter la domination chinoise sans broncher.

Fort de ces victoires faciles, et le flanc sud du pays sécurisé, l'Empereur ordonne aux armées chinoises de se ruer à l'attaque de la Russie, aidées de leur nouvel arsenal électronique capable de neutraliser les réseaux internet militaires, et donc les lancements de bombes atomiques. Les Russes, alliés historiques des Chinois, ne s'attendaient pas à cette volte-face et n'avaient pas pris de mesures défensives. Si bien que cette puissante nation, déjà affaiblie par la corruption et la crise économique, s'effondre en une semaine. La reddition est signée fin janvier 2163.

La même année, en nouant des alliances avec les extrémistes musulmans, les Chinois s'implantent durablement au Moyen-Orient. En près de trois mois, ils contrôlent directement, ou indirectement, l'ensemble des pays du secteur pétrolier.

Parallèlement à cette politique de conquête et d'épuration, l'Empereur demande à ses chercheurs en génétique de mettre en place un programme de croisement de la population chinoise, dans le but d'obtenir une race vraiment pure. Des mariages sont alors organisés entre les hommes et les femmes afin de recréer une communauté de « Chinois des origines », comme se plaît à l'appeler le Seigneur de l'Empire du milieu. Cette terrible mutation se fait rapidement car le peuple endoctriné obéit aveuglément à son guide, en tout point. Si bien qu'il faut à peine deux générations pour « normaliser la race chinoise ».

Et de fait, le temps passant, le phénotype de la population s'uniformise. Les individus sont tous terriblement ressemblants. Ils ont les mêmes yeux, la même bouche, le même nez. On ne distingue même plus les différentes ethnies qui composaient jadis le peuple chinois.

À la mort du dictateur, le monde retient son souffle. La politique va-t-elle changer ?... Absolument pas. Le fils de l'Empereur du ciel, « bien éduqué », lui succède, tyrannique et raciste. Il compte bien terminer le travail de son illustre père.

En 2203, attaquant par l'Alaska, les Chinois prennent pied en Amérique du Nord. Le Canada est soumis en quatre semaines, même s'il reste des poches de résistance çà et là au sein des gigantesques forêts. Dans le même temps, les Européens cherchent à signer un traité de paix garantissant leur sauvegarde, sans trop y croire.

Les USA s'arment à outrance mais leur population n'en peut plus des privations. Sans le Moyen-Orient, leurs ressources en pétrole se sont rapidement taries et leur économie est à bout de souffle. En effet, le moteur à fusion nucléaire qui devait remplacer les énergies fossiles n'est toujours pas au point et la dépendance aux hydrocarbures est le talon d'Achille du pays.

L'Amérique du Sud quant à elle se prépare à mener une guérilla en forêt d'Amazonie, du moins dans ce qu'il en reste après l'arrachage massif d'arbres du vingt-et-unième siècle. Les populations ne s'étaient jamais imaginées à la place des animaux, traquées par l'ennemi et menacées à leur tour par la déforestation. À présent, elles se rendent compte que le restant de cette forêt, où l'on peut facilement se cacher, leur est vital.

Les trente années qui suivent, le fils du Guide suprême les utilise à asservir les peuples des pays dominés et à poursuivre la « filtration » de ses compatriotes, entamée par son père. La Chine est encore une fois le théâtre d'épurations, d'exodes et de purification ethnique.

Le Prince du ciel – comme il s'est autoproclamé – a comme son père fait appel à la science pour affiner la purification des Chinois. Des programmes d'insémination de masse entre personnes « compatibles » sont mis en place. On réutilise également d'anciennes technologies modifiées. La Chine, qui avait développé une IA capable de gérer la maturation d'un fœtus dans une capsule au début des années 2020, va utiliser ce mode de reproduction pour faire naître une population de race pure au génome sélectionné[20]. Jamais génotype n'a été aussi limité dans une population.

En 2243, le troisième héritier du nom, plus ambitieux encore que les deux premiers, décide que l'Empereur du milieu doit réaliser le rêve de son aïeul et régner sur la Terre entière. C'est un déferlement de rage, une pluie de feu et d'acier qui se déverse sur les régions du monde encore libres. Les métis, citoyens de seconde zone, sont utilisés comme de la chair à canon sur le champ de bataille. Quant aux races « inférieures », elles servent de boucliers humains. Rien ne peut arrêter cette armée démoniaque.

En 2251, il ne reste que quelques poches de résistance dans des contrées difficiles d'accès. Ces résistants sont disséminés et ne peuvent communiquer

---

[20] Un tel système est en ce moment inventé en Chine : des scientifiques chinois travaillent sur une machine basée sur une IA capable de gérer la croissance d'un embryon humain dans un utérus artificiel. « La Chine travaille sur une "nounou IA" pour embryons humains », par Antoine Gautherie, le 08/02/2022, *www.journaldugeek.com*

qu'en piratant internet, à leurs risques et périls. Ils vivent en Amazonie, dans les forêts canadiennes ou africaines, en Australie, en Russie et dans les montagnes imprenables de la Cordillère des Andes. Ils sont mal armés, mal ravitaillés, mal informés, mal coordonnés et ne peuvent pas mener d'attaque frontale contre les forces d'occupation.

C'est alors qu'un phénomène étrange se produit en novembre de la même année, dans la plus grande poche de résistance qui se trouve au sein des forêts tropicales d'Afrique. Un jeune guerrier, touché par un mal mystérieux dans la jungle, s'effondre sans connaissance en rentrant de mission et ne survit pas à sa maladie. Puis, c'est au tour du guetteur du camp de mourir en dix jours, épuisé. Enfin, petit à petit, les uns après les autres, la malnutrition et l'insalubrité aidant, les militaires et leurs familles tombent malades. Beaucoup meurent en peu de temps. La guérilla africaine cède du terrain sur tous les fronts et le combat semble perdu.

À ce moment, l'Empereur, qui entrevoit une victoire rapide dans ce secteur, dépêche son fils sur place pour donner le coup de grâce aux derniers survivants, comme on envoie un novice faire un safari et achever un fauve déjà blessé à mort. « Cela ne manquera pas de lui valoir une gloire facile », pensa son père.

Mais la victoire n'est pas aisée. Dans la jungle, les troupes de résistants, pourtant terriblement éprouvés par cette maladie inconnue, se défendent encore farouchement.

Rapidement, les médecins détectent une sorte de mutation issue d'un virus animal. Les résistants vivent dans la forêt et consomment le maigre gibier qu'elle abrite. Parmi les proies, les singes constituent un mets très prisé. Or, c'est sans doute en consommant ces derniers que, à la manière du sida, le virus serait passé à l'homme. La promiscuité avec les animaux et la mauvaise hygiène qui règne dans le camp des opposants faisant le reste.

Cette infection, très contagieuse, anéantit toute forme de défense immunitaire. Après une semaine d'incubation, la maladie se déclare et le patient, condamné, succombe la plupart du temps au bout de quinze jours. Seuls trois hommes sur quatre survivent à l'épidémie.[21]

La fin semble proche et les résistants se recommandent à Dieu, car résister contre la maladie et les assauts répétés de l'armée d'invasion est impossible. C'est à ce moment que se produit l'impensable…

À la suite d'une bataille féroce au corps à corps pour reprendre un bout de jungle, les guerriers chinois sont contaminés à leur tour. Très rapidement le virus touche toute l'armée. Les hommes s'effondrent les uns après les autres, non plus en deux semaines mais en quatre ou cinq jours. Bientôt, l'administration au pouvoir dans la région est atteinte également et le manque d'hommes l'empêche de gérer jusqu'aux affaires les plus courantes. En effet, le corps des « quasi-clones » Chinois est tout simplement incapable de se battre contre la maladie : tous ont un génome

---

[21] Carl Gierstorfer filme un documentaire passionnant dans lequel on apprend que le sida existait déjà début 1900. La dissémination de ce virus, transmis par le singe à l'homme, a été accélérée par la colonisation, l'exploitation et le déplacement des populations indigènes du Congo, ainsi que par la vaccination de la main d'œuvre à bon marché avec des seringues mal désinfectées. Ces événements sont à l'origine de la prolifération du virus du sida, bien avant les années 1980.

analogue, ils ont donc tous les mêmes anticorps, et surtout les mêmes faiblesses à cause de la pureté ethnique imposée par le régime !

Dans leurs rangs, ce ne sont pas trois hommes sur quatre qui en guérissent mais seulement deux hommes sur dix. Et ceux qui survivent gardent de graves séquelles. La maladie peut faire sa moisson d'âmes, les Chinois n'ont aucune défense naturelle à lui opposer.

Le général du bataillon d'élite qui a remporté le morceau de jungle à prix d'or n'est autre que le propre fils de l'Empereur. La maladie, sans doute un peu malicieuse et irrévérencieuse – comme le sont souvent les avatars mal aimés des dieux –, n'épargne pas le petit-fils du ciel. Il est donc rapatrié dans l'urgence en Chine avec quelques autres généraux, sans que l'on ait le temps d'analyser son affection.

Bientôt, avec le retour des rares survivants des différents corps militaires touchés, une épidémie sans nom s'abat sur tout le pays. S'apercevant du danger, le pouvoir décrète que les troupes extérieures ne peuvent plus revenir au pays. Il est toutefois déjà trop tard…

Dans le reste du monde, les opposants qui bénéficient de défenses naturelles plus fortes sont bien moins touchés par ce mal. Ils s'organisent pour limiter la contagion de la maladie dans leur propre population. Rapidement, ils trouvent un médicament palliatif qui permet aux troupes atteintes de continuer le combat pour la liberté. Les femmes et les hommes épargnés se réorganisent et reprennent le flambeau de ceux qui tombent au feu ou sont décimés par le virus. La résistance est enfin prête à contre-attaquer.

Au sein du pouvoir chinois, les administrations sont très vite désorganisées puisque seuls les « sang-pur » les dirigent, et que ces derniers sont frappés de plein fouet par la maladie.

Bientôt, une grande partie des métis ainsi que les étrangers, à peine tolérés dans les protectorats et humiliés quotidiennement, se révoltent et entrent en résistance.

Les chercheurs chinois n'ont pas le temps nécessaire de trouver un médicament efficace permettant de guérir les leurs. Ils proposent donc des transfusions de sang de races impures qui, elles, possèdent des anticorps plus résistants au virus, ou encore des greffes de moelle osseuse d'étrangers. Certains osent même proposer de « re-métisser » la population. Nul ne sait, à l'heure actuelle, où se trouvent ces chercheurs qui, sans doute, ont dû rejoindre un camp de redressement. Ou pire…

Malgré la perte de son fils qui n'a pas résisté au virus, l'Empereur est totalement opposé à l'utilisation des gènes des populations jugées inférieures pour lutter contre la maladie. Ce contretemps politique et idéologique fâcheux a pour effet de mettre l'empire à genoux. Quatre-vingt pour cent de la population trouve la mort en dix ans. Cette période historique sera appelée par les historiens « la grande extinction », par analogie à celle des dinosaures.

Nous sommes en 2261 et, depuis peu, l'Empereur ne se produit plus à la télévision. Il se mure dans la cité impériale, totalement isolé, déprimé, craignant d'être touché à son tour par la maladie. Il a quelques rares contacts avec ses ministres et leur parle en visio-conférence. Il prend ses repas seul, et les mets qui lui sont préparés sont lavés et bouillis pour exterminer tout virus. Ses affaires sont nettoyées trois fois avant d'être séchées au sein du palais. Le silence de son guide accable la population en proie à la maladie et à la peur.

Durant ces années de pandémie, les rebelles ont repris des régions entières à l'ennemi sans même avoir à combattre. Beaucoup de nations se sont libérées du joug chinois. L'Afrique, l'Inde, l'Amérique du Sud, l'Amérique du Nord, l'Australie et l'Europe se remettent en ordre de bataille pour lutter contre l'envahisseur.

À présent, les pays satellites d'Asie du sud-est se désolidarisent du pouvoir central également. Voyant le combat perdu, ils changent de camp.

En janvier 2262, lors du sommet de New Delhi, les pays libérés se coalisent pour porter le coup de grâce à la dictature chinoise.

Enfin, le 5 août 2263, l'attaque finale sur la Chine est lancée. En à peine un mois, cet immense pays tombe aux mains des assaillants. Comme un fruit mûr qui attend de se faire cueillir, le peuple chinois décimé est déjà prêt à la reddition.

Les survivants sont soignés. L'Empereur et les dirigeants condamnés. Et bientôt, les gens de bonne volonté qui ont survécu font fleurir une démocratie sur le sol de l'empire du milieu. Mais l'adage « charité bien ordonnée commence par soi-même » semble bien ancré dans l'esprit des vainqueurs : une conférence de paix a lieu à Beyrouth, où la Chine se voit tout simplement… « dépecée ». La Russie obtient le nord du pays afin d'avoir une zone tampon en cas de nouvelle guerre. L'Inde s'empare du Népal et d'une partie de la Chine du sud. Hong Kong redevient un protectorat anglais. Les pays d'Asie du sud qui bordent la Chine reçoivent tous des territoires supplémentaires. Seule réjouissance au tableau : les Ouigours et les Tibétains obtiennent leur indépendance. Les autres pays ayant participé à la bataille s'octroient des concessions dans les minerais rares dont la Chine regorge.

Les Chinois, séparés dans plusieurs pays frontaliers pillés de leurs richesses, vivent cette période comme une humiliation. Déjà des résistances se forment, des voix s'élèvent…

Pourtant, dès la fin des hostilités, les médias et les livres d'école ont décidé que ce serait la dernière guerre mondiale… Si, si, je vous le jure, ils ont écrit : « *la dernière* »…

* * * * *

Cette histoire a une « *happy end* » au goût bien amer. Sorte de victoire à la Pyrrhus qui laisse le monde exsangue. Tant de souffrances ont froissé notre enfant créateur. À présent, il en est à regretter l'hésitation qu'il avait eu à détruire les ébauches d'humanoïdes, au moment où il les avait créées. Pouvait-on tolérer toute cette souffrance engendrée par ces créatures dites intelligentes ? Comment pourrait-on les aider ? En sélectionnant les plus fortes, ou plutôt en aidant les plus faibles ?

Son esprit est confus, ses repères se brouillent, alors il fait un bon de millions d'années dans le passé et retourne à l'origine des mondes qu'il a conçus, comme pour reprendre son œuvre au début. Mal dans sa peau, il se pose mille questions sur la souffrance, la liberté, le manque de compassion de ces formes de vie évoluées. Il dérive dans l'espace, jetant un coup d'œil de-ci de-là sur les planètes naissantes à proximité desquelles il passe. Son corps tremble, tiraillé de toute part par des ondes gravitationnelles. Tout son être est bouleversé par les tensions physiques et psychiques qui s'imposent à lui... En son for intérieur, il sent une sorte de déchirement poindre.

Sans s'en rendre compte, transformé par ses expériences, l'adolescent a encore évolué. L'exploration de ces mondes l'a métamorphosé.

Froissé par certaines aventures, chiffonné par d'autres, et littéralement déchiqueté par les dernières. Toutes ces escapades structurent son esprit et façonnent son corps ! C'est sur les contradictions et les paradoxes rencontrés qu'il se construit.

Il a plié et replié l'espace-temps pour en faire de la matière, comme un origamiste fait d'une feuille un objet en trois dimensions. Sans s'en rendre compte, il s'est lui-même plié de toute pièce ! Tous ces mondes formaient à présent son corps, gigantesque !

Cependant, à l'adolescence de sa vie, de graves tensions le secouent. Un problème le taraude. Il prend conscience de sa grande responsabilité. C'est lui qui a créé tous ces mondes imparfaits où de nombreuses personnes souffrent. Se doit-il de les améliorer ? Doit-il laisser faire, et même encourager, la sélection naturelle ? Tous ces animaux, ces hommes et femmes trop faibles pour survivre doivent-ils mourir ? Faut-il inversement protéger les plus faibles en leur portant secours et en les aidant à évoluer, quitte à orienter leur destin ? Mais alors, quel serait la place du libre arbitre ? Existe-t-il seulement ?

L'enfant monde garde en lui cet espoir fou que ses créations pourraient trouver, seules, la voie de l'équilibre.

Intervenir, aider, pousser à la sélection, ou encore laisser faire... Toutes ces idées diamétralement opposées se bousculent et se battent dans son esprit. Bientôt, le tiraillement de sa pensée envahit tout son être, se transforme en convulsions, en révolution, et enfin le déchire complètement ! Son corps, sous les tensions opposées, se sépare en deux entités. L'une avec une dominante agressive où règnent la loi du plus fort et la sélection naturelle, l'autre avec une dominante protectrice où règnent l'empathie et l'assistance constante, voire étouffante.

Même si tout les oppose, chacune de ces deux parties ne peut vivre l'une sans l'autre. Pour autant, la déchirure est définitive et ne peut se refermer. La féminité et la masculinité cosmologiques sont nées. Et de leur amour tumultueux vont vivre des milliards de mondes entre compétition extrême et entraide inconditionnelle. Ces deux entités se partagent l'espace-temps et régissent la vie dans les différents univers qui constituent le cosmos.

Lors de la déchirure, le bord des deux espaces-temps créés se mettent à scintiller. La plaie formée laisse s'échapper de l'énergie lumineuse, comme si elle saignait de la lumière. Cette déchirure est toujours visible dans notre ciel. Par les nuits claires, elle apparaît comme une gigantesque trace blanche que nous appelons « voie lactée ».

C'est ainsi que s'est achevé le monde tel que nous le connaissons. À présent, vous savez pourquoi l'univers semble imparfait, tiraillé entre la loi du plus fort et le soutien aux plus faibles.

L'enfant plieur de monde nous a, à chacun de nous, transmis son don. Vous-même, lorsque vous tournez les pages de ce livre, ne passez-vous pas d'un univers à l'autre ? De feuille en feuille, repliées une par une, vous voyagez à travers les histoires. Maintenant je vous laisse voguer par vous-même et lire entre les lignes du destin, certain que vous connaissez désormais le secret des mécanismes de l'univers…

Postface

Lorsque j'ai écrit « L'ADN de la victoire », ni la crise du COVID ni la crise ukrainienne n'avaient encore débuté. Le chapitre n'est donc pas inspiré de ces faits. Ce texte m'a en revanche été soufflé par des chercheurs, des historiens et des écrivains. Il est en effet intéressant de croiser des informations sur les épidémies évoquées dans les livres de fiction, celles qui se sont développées lors de colonisation de l'Amérique du Sud, et l'histoire méconnue de la propagation du SIDA en Afrique.

Ainsi, Herbert George Wells dans *La Guerre des mondes*, publié en 1898, a imaginé une histoire dans laquelle des Martiens viennent attaquer la Terre avec une supériorité technologique écrasante. Et seuls les microbes terriens ont pu les exterminer.

Il est également reconnu que beaucoup d'Indiens d'Amérique sont morts des maladies qu'ont apportées les Européens durant leur conquête. Sans même en avoir conscience, l'homme avait mené l'une de ses premières guerres bactériologiques. En effet, en Amérique latine à partir du XVIe siècle, suite à l'arrivée des colons, les épidémies de variole, de typhus, de grippe, de diphtérie, de rougeole, de peste auraient tué entre cinquante et soixante-six pour cent de la population indigène, selon les régions.

Et allez savoir si ce type de contamination ne serait pas l'explication de la disparition d'une partie des hommes de Neandertal, qu'on a longtemps cru disparus avant de nous rendre compte qu'ils s'étaient métissés en partie avec l'homo-sapiens. C'est une des théories que mettent en avant les archéologues (il faut savoir que l'homme de Neandertal fut longtemps isolé par le phénomène de glaciation terrestre, tout comme les Indiens de notre propre monde occidental).

Enfin, le virus du SIDA serait également un rejeton de la colonisation. D'après les récentes découvertes des chercheurs, il se serait développé dès 1908 au Congo belge suite à la contamination de chasseurs de singes. L'accélération de sa propagation serait due à plusieurs facteurs : l'exode rural, mais également les campagnes de vaccination et les soins, organisés par les colonisateurs tant français que belges et réalisés avec des seringues mal stérilisées. Ce n'est qu'après de multiples escales en pays sous-développés qu'il a fini par envahir les pays occidentaux, en 1980.

Bibliographie

<u>Livres</u>

Ouvrage collectif. *Traduction œcuménique de la Bible*, Éd. du Cerf & Bibli'O, 2010.

ASIMOV, Isaac. *Les Robots* (*I. Robot*), Gnome Press, 1950, traduit en français en 1967.

GHYKA, M. *Essai sur le rythme*, Paris, Gallimard, 1938.

GULIK, Robert van. *Les enquêtes du juge Ti : L'Énigme du clou chinois,* 1961, Éd. 10-18 ; *Le Squelette sous cloche, 1958,* Éd. 10-18 ; *Le Monastère hanté 1961,* Éd. 10-18.

HESSE, Hermann. *Le Jeu des perles de verre*, Heiner Hesse, 1943.

HOMÈRE. *L'Iliade*, 762 avant J.-C.

HOMÈRE. *L'Odyssée*, 762 avant J.-C.

PASCAL, Blaise. *Préface pour le Traité du vide*, 1663.

PLATON. *La République*, 315 av. J.-C.

WELLS, Herbert George. *La Guerre des mondes* (1898), Éd. Folio, Juin 2005.

<u>Sites internet (articles)</u>

BORDE, Valérie. *Aux origines du sida : la vaccination en cause ?* Publié le 08/12/2011, https://lactualite.com

BORNSTEIN, David. *La variole, alliée inespérée des conquistadors espagnols*. Publié le 09/11/2020, https://www.geo.fr

CAVEIRO, Marina. *Achille déguisé en femme*. Blog Sorbonne-Antique, https://sorbonnantique.wordpress.com

GAUTHERIE, Antoine. *La Chine travaille sur une "nounou IA" pour embryons humains.*
Publié le 08/02/2022, https://www.journaldugeek.com

IMBERT, Clément. *L'homme de Neandertal : enquête sur une disparition*. Publié le 26/07/2018, https://www.geo.fr

LOMBRY, Thierry. *La théorie des supercordes*.
Publié le 16/01/2006, https://www.techno-science.net/dossier/theorie-supercordes

PIZZUTO, Alexandra. *Tout ce qu'il faut savoir sur la petite robe noire*. Publié le 28/01/2023, https://www.marieclaire.fr

Film documentaire

GIERSTORFER, Carl (réalisateur). *Sida, un héritage de l'époque coloniale*, 2014. Production : ZDF, Doc Days Productions, Yuzu Productions, Congoo Productions.

Du même auteur

Le chant des pierres
Petites histoires pour regarder le monde en relief
07/2015